아인슈타인과
광속 미스터리

창비청소년문고 26

아인슈타인과 광속 미스터리
과학사로 쉽게 이해하는 특수 상대성 이론

초판 1쇄 발행 • 2017년 9월 1일
초판 2쇄 발행 • 2020년 2월 10일

지은이 • 박성관
펴낸이 • 강일우
책임편집 • 김보은
조판 • 박아경
펴낸곳 • (주)창비
등록 • 1986년 8월 5일 제85호
주소 • 10881 경기도 파주시 회동길 184
전화 • 031-955-3333
팩시밀리 • 영업 031-955-3399 편집 031-955-3400
홈페이지 • www.changbi.com
전자우편 • ya@changbi.com

ⓒ 박성관 2017
ISBN 978-89-364-5226-1 43420

과 학 사 로 쉽 게 이 해 하 는 특 수 상 대 성 이 론

아인슈타인과
광속 미스터리

박성관 지음

창비

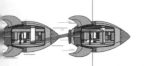

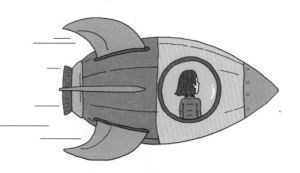

이 책의 주제는 아인슈타인의 특수 상대성 이론입니다. 세상에서 가장 유명한 과학자가 창시한, 세상에서 가장 이해받지 못하는 이론이죠.

그런 이론을 왜 알아야 하죠?

상대성 이론은 양자 역학과 함께 20세기 최대의 과학 이론으로 손꼽힙니다. 그럴 정도로 이 세상에 대한 중요한 진실을 담고 있는 이론이지요. 그러니 현대의 교양인이라면 알아 둘 만하지 않겠어요? 상대성 이론에는 일반 상대성 이론과 특수 상대성 이론이 있는데 이 책은 그중 특수 상대성 이론에 대해 이야기할 겁니다.

엄청 어려울 것 같은데…….

그런 이야기가 널리 퍼져 있는 건 사실이에요. 한때는 상대성 이론을 이해하는 사람이 열두 명밖에 안 된다는 소문까지 파다했었죠. 그렇지만 소문은 소문일 뿐입니다. 특수 상대성 이론은 특히 더 쉽지요. 이 이론에는 전문적인 과학 지식이나 어려운 수학이 안 나옵니다.

그런데 왜 그렇게 어렵다는 소문이 퍼졌을까요?

아마도 상식과 심하게 충돌하는 이론이라 그런 것 같아요. 상대성 이론에 따르면 시간과 공간이 희한하게 변하거든요. 언뜻 들으면 말도 안 되는 얘기 같죠. 그런데 이런 이론이 수많은 실험을 통해 완벽할 정도로 검증되었어요. 그래서 상대성 이론이라고 하면 '위대하지만 이해하기는 어려운 이론!'이라고들 생각하는 것 같습니다.

청소년들도 이해할 수 있을까요?

저는 이 책을 쓰면서 중고생 나이의 청소년들을 내내 생각했어요. 청소년들과 편하게 대화하듯이 썼답니다. 그러니 크게 걱정할 필요는 없을 거예요. 사실 이 책은 과학 지식이 많으면 도리어 불리할 수도 있어요. 상대성 이론은 상식에 도전한 이론이니까요. 그동안 배운 지식이나 상식을 너무 맹신해서는 곤란하지요. 일단, 상대성 이론의 창시자부터가 상식과는 거리가 먼 사람이었어요.

어느 날 아인슈타인이 길을 가던 중에 비가 내렸대요. 그러자 갑자기 쓰고 있던 모자를 벗었다는 거예요. 황당해진 옆 사람이 이유를 물었겠죠? 아인슈타인 왈! "모자를 세탁하는 것보다 머리를 감는 게 더 쉽잖아요."

그럼 성인들은 이 책을 읽으면 안 되나요?

그럴 리가요? 저는 어른들도 아인슈타인이 인류에게 준 선물을 꼭 받았으면 좋겠습니다. 다만, 성인들은 청소년 시절로 돌아가려고 노력해 주시길 바랍니다. 상식이나 권위에 무작정 복종하지 않았던 그 시절로요.

천진난만하기만 하면 되나요?

아니라는 것, 잘 알죠? 아인슈타인이 과학 무식쟁이는 아니었으니까요. 물론 그가 가진 과학 지식은 대단치가 않았어요. 오늘날의 첨단 지식에 비하면 아무것도 아니었지요. 상대성 이론을 창시할 당시, 그는 정식 과학자나 물리학 교수도 아니었습니다. 그러긴커녕 생계를 위해 바쁜 직장 생활을 하던 말단 직원이었죠. 근무가 끝나면 도서관 문이 닫혀서 최신 과학 잡지들을 볼 기회도 거의 없었어요. 요즘 같은 세상이라면 과학자가 되기도 힘들었을 겁니다. 하지만 그는 열악한 상황에 굴하지 않았어요. 그 대신 집에 있는 과학 분야의 고전들을 열심히 읽었지요. 틈틈이 최신 과학 책들도 구해서 읽고 조사도 했어요. 철학과 문학 서적을 읽으며 인문학적 소양도 길렀답니다. 그런 그였기에 과학만이 아니라 사상과 문화 전체에 큰 변화를 일으킬 수 있었지요.

과학자한테도 폭넓은 교양이 중요하군요.

맞아요. 상대성 이론을 공부할 때도 그렇습니다. 아인슈타인이 어떻게 새로운 발상을 하게 되었는지를 알면 참 좋죠. 왜 그런 경우 있잖아요, 난해한 시나 미술 작품 들도 작가의 일생이나 시대 상황을 알면 더 친근하게 다가오는…… 이 책도 그런 면에 초점을 맞추었습니다. 과학사로 쉽게 이해하는 특수 상대성 이론이라고나 할까요? 그런데 과학사가 뭐냐고요? 한마디로 '과학＋역사＝과학사'입니다. 과학 이론들이 등장하게 된 시대 배경이나 문화적 토양, 과학자들의 삶 같은 것을 주로 연구하지요. 이게 바로 저의 전문 분야이자 제가 가장 좋아하는 분야입니다.

과학사로 쉽게 이해하는 특수 상대성 이론이요?

네. 제가 상대성 이론을 공부한 방식도 그랬어요. 먼저 과학사를 파악하고, 그것을 배경 삼아 아인슈타인의 논문들을 공부했지요. 그랬더니 아인슈타인이 왜 그런 생각을 했는지 생생하게 느껴지더라고요. 그래서 이 책을 쓸 생각까지 하게 되었답니다. 상대성 이론을 곧장 설명하기보다는 아인슈타인이 거기에 이르는 과정을 보여 주자! 이렇게 결심한 거예요. 실제로 책을 써 보니 과학 이론을 배우는 데에 괜찮은 방법인 것 같습니다. 여러분도 그렇게 느끼시길 바라요. 자, 그럼 이제부터 슬슬…….

잠깐, 한 가지만 더! 왜 이름이 특수 상대성 이론이죠?
얼마나 특수한 이론이길래…….

이론이 특수해서 그런 이름이 붙은 게 아니랍니다. 특수 상대성 이론이란 '특수한 경우에만 적용되는 상대성 이론'을 줄인 말입니다. 간단히 특수 상대론이라고도 부르지요. 이에 반해 어떤 경우에도 다 적용되는 이론이 있습니다. 바로 일반 상대성 이론이지요. 간단히는 일반 상대론이라고도 부릅니다. 아인슈타인은 먼저 특수 상대성 이론을 창시하고 10년쯤 뒤에 일반 상대성 이론을 창시했어요. 여러분이 이 책을 좋아해 주신다면, 용기를 내어 일반 상대성 이론에 관한 책도 써 볼까 합니다. 그 이론은 말이죠, 아, 이런! 이야기를 늘어놓다 옆길로 샐 뻔했네요. 더 자세한 건 차차 이야기하기로 하고, 아인슈타인과 특수 상대성 이론의 세계로 들어가 볼까요? 우선 열여섯 살의 알베르트부터 만나 보시죠.

아인슈타인과
갈릴레오

1장

공장 주인집
아들

알베르트 아인슈타인은 1879년에 독일의 유대인 가정에서 태어났어요. 우리나라가 일본한테 강화도 조약(1876년)을 강요당하고 서서히 식민지로 추락하던 시절이었죠. 아인슈타인의 선조 중에는 과학적으로나 학문적으로 업적을 남긴 사람들이 없었어요. 대부분 상인이나 기술자들이었지요. 아인슈타인의 아버지도 비슷했어요. 동생(아인슈타인에게는 삼촌이죠.)과 함께 전기 기구 회사를 운영했거든요. 그러니까 아인슈타인은 공장 주인집의 아들이었던 겁니다. 그런 가정 환경 덕분에 어려서부터 전기 제품이나 회로에 익숙했어요. 과학에 호기심도 꽤 있는 편이었고요. 그런 그가 열여섯 살 때 이런 상상을 해 봅니다.

빛의 속도로 비행을 하면 내게 어떤 일이 생길까?

좀 뜬금없는 상상이죠? 그런데 어떤 이유에서인지 그는 약간 엉뚱한 이 질문을 가슴속에 소중히 품었습니다. 그리고 생각에 생각을 거듭하였습니다. 과학 지식이 쌓일수록 생각은 더 정교하고 깊어졌지요. 그러다가 심각한 정신적 혼란도 여러 번 겪었다고 해요. 그렇게 약 10년의 세월이 지난 뒤(26세), 그는 마침내 특수 상대성 이론을 창시하게 됩니다. 아인슈타인이 십 대였을 때라면, 우리나라에선 동학 혁명(1894년)이 일어났을 때입니다. 대략 어떤 시대인지, 감이 오시죠? 이 땅에 사상 혁명이 발발했던 19세기 말, 머나먼 유럽에서는 새로운 과학 혁명의 씨앗이 뿌려진 셈입니다. 그 씨앗은 열여섯 청소년의 가슴속에서 조용히 성장하였습니다.

상상으로 하는
실험

아인슈타인은 살면서 이런 상상 속의 실험에 자주 빠져들곤 했습니다. 상상 실험이라는 말을 처음 듣는 친구들도 있을 텐데요, 실제 실험이 아니라 상상으로 실험을 한다는 말이에요. 왜 그런 걸 할까요? 알고 싶은 게 있으면 실제로 해 보면 될 텐데? 물론 가능하다면야 그래야겠지요. 하지만 모든 과학 실험이 다 가능한 건 아닙니다. 당시의 과학 기술 수준으로는 실제로 해 볼 수 없는 실험들도 있지 않겠어요? 꼭 해 보고 싶지만, 당장은 할 수 없는 실험들. 그럴 때 과학자들은 상상 실험을 한답니다.

이 실험은 최대한 자유롭게 상상을 할 수 있다는 장점이 있습니다. 물론 아무 상상이나 제멋대로 할 수 있는 건 아니에요. 그래서는 괜찮은 성과가 나오기 힘들지요. 상상으로라도 실험을 하려면 어느 정도 과학 지식을 갖추고 있어야 합니다. 실제로 실험을 해 본 경험도 좀 있어야 하고요. 그런 사람이라야 머릿속에도 제대로 된 실험실을 차릴 수 있지 않겠어요?

그렇지만 지식보다 더 중요한 것은 역시 아이디어입니다. 기발한 실험 아이디어가 있어야만 하지요. 그런 아이디어가 떠오르면, 필요한 실험 장비들을 하나하나 설치합니다. 머릿속에 말이지요. 그렇게 준비가 갖춰진 다음, 실험가는 상상의 나래를 맘껏 펼칩니다. 과학의 원리에 어긋나지 않는 한, 어떤 상상도 다 허용됩니다. 온도를 몇천℃, 몇만℃로 높여 볼 수도 있어요. 자동차의 속도를 시속 1만km로 가속시켜 볼 수도 있고요. 그러면 과연 어떻게 될까, 온도나 속도를 좀 더 변경해 보면 어떻게 될까, 그런 상상을 해 보는 것이죠.

아인슈타인은 평생 수많은 상상 실험을 했습니다. 그중에서도 최고는 방금 말했던 광속 비행 실험이었어요. 일견 엉뚱해 보이는 그 상상으로부터 무지하게 희한한 결론이 튀어나왔거든요.

광속으로 비행하면, 내 모습이 거울에 비치지 않을 거야.

그렇지만 그런 일은 불가능해. 그러면 안 돼!

어, 이게 무슨 소리지? 전문적인 과학 지식이나 난해한 용어도 안 나오는데, 무슨 얘긴지 알아들을 수가 없네! 대체 왜 자기 모습이 안 비친다는 거야? 별 이상한 얘기 다 듣겠네, 싶을 거예요. 당연해요. 그렇게 느껴질 수밖에 없지요. 사실 이 상상 실험에는 아인슈타인이 그때까지 공부했던 과학 지식들이 집약되어 있답니다. 게다가 그는 어려서부터 호기심 덩어리에 집요하기 그지없는 성격이었지요. 그런 그가 싱싱한 청소년 시절에 상상력을 맘껏 발휘한 실험이었으니, 처음 들으면 어리둥절할 수밖에요.

하지만 걱정 마세요. 약간의 지식을 쌓고 나면 금세 쉬운 얘기로 바뀔 거예요. 그가 공부했던 과학 지식이라고 해 봤자 열여섯 살 때의 것 아니겠어요? 그것도 지금으로부터 120년도 더 된 옛날 과학 지식이지요. 그 정도야 금세 따라잡을 수 있답니다. 과학사를 좋아하는 제가 이제부터 그 지식을 알려 드릴 거예요. 그게 뭐냐고요? 첫째, 본다는 것, 둘째, 상대성 원리, 이렇게 두 가지예요.

본다는 게
뭐지?

우리는 날마다 수많은 것들을 봐요. 그렇지만 정작 본다는 게 어떤 일인지는 생각해 볼 기회가 별로 없지요. 사람이나 물체를 본다는 건 과연 어떤 일일까요? 간단히 말하면, 물체에 반사된 빛이 내 눈까지 도달하는 일이에요. 거울 앞에 서서 자기 얼굴을 보는 것도 마찬가지죠.

좀 더 자세히 말해 볼까요? 먼저, 사방팔방 돌아다니던 빛이 내 얼굴에 부딪칩니다. 그리고 다시 사방팔방으로 반사됩니다. 그 빛 중 일부는 내 앞의 거울에까지 도달하지요. 그런 다음 거울에서 반사된 빛이 내 눈까지 다시 돌아옵니다. 이것이 바로 '본다'는 일입니다. 독서를 할 때도 똑같아요. 당신이 책을 보고 있는 지금도 빛의 왕복 과정이 무수히 반복되고 있답니다. 다만 빛의 속도가 워낙 빠르다 보니 그 과정을 알아채지 못할 뿐이죠.

문: 본다는 것은 어떤 일인가?
답: 무언가에 반사된 빛이 내 눈에 도달하는 일이다.

이것으로 첫 번째 지식 정복! 이제 두 번째 지식인 상대성 원리를 정복하러 가 볼까요?

상대성
원리

상대성 원리는 쉬운 버전과 심오한 버전으로 나누어 설명하겠습니다. 상대성 원리를 쉽게 이해하기 위한 저만의 설명 방식이에요. 우선 쉬운 버전부터. 쉬운 버전의 상대성 원리는, 너무 쉬워서 원리라고 할 것도 없을 정도죠. 여러분도 이미 알고 있고, 또 날마다 경험하는 일이니까요. 그게 뭐냐? 바로 속도는 상대적이라는 거예요.

예를 들어 볼까요? 고속도로에서 파란 승용차가 달리고 있어요.

도로 위에 서 있던 교통경찰이 측정해 보니 시속 120km예요. 한편 이 차의 뒤에서는 트럭 한 대가 시속 140km로 달리고 있어요. 이 트럭 운전자에게는 파란 승용차의 속도가 어떻게 관측될까요? 시속 20km로 후진하는 것으로 보이겠죠. 그렇게 보일 뿐만 아니라 실제로도 그래요. 계속 그대로 달리다간 얼마 안 되어 사고가 발생하지요. 승용차가 뒤따라 오던 트럭과 부딪치고 마는 겁니다. 이처럼 주행 방향이 같아 뒤에서 부딪치는 경우를 (충돌이 아니라) 추돌 사고라고 부릅니다. 이럴 때의 상대 속도는 승용차의 속도에서 트럭의 속도를 빼면 됩니다. 트럭 운전자가 볼 때, 승용차의 속도는 시속 -20km입니다. 시속 20km의 속도로 후진하는 상황이지요.

만일 두 차의 방향이 반대라서 정면으로 박으면? 시속 120km로 달리는 승용차와, 시속 140km로 질주하는 트럭이 정면으로 부딪친다면? 이렇게 반대 방향으로 달리던 차들이 맞부딪치는 것을 (추돌

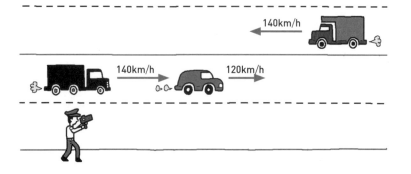

이 아니라) 충돌 사고라고 불러요. 이 경우 상대 속도는? 두 차의 속도를 더하면 되지요. 두 대의 차는 서로 상대방이 시속 260km로 돌진해 온다고 관측합니다. 실제로도 승용차와 트럭은 미친 속도로 마주 달리다가 충돌합니다. 대형 참사!

이제 여러분에게 퀴즈를 내 보겠습니다. 이 승용차의 속도는 얼마일까요? 정지 중인 교통경찰이 볼 때는 시속 120km로 달리고 있습니다. 뒤에서 더 빨리 질주하는 트럭에게는 시속 20km로 후진 중이고요. 시속 140km로 마주 달려오는 트럭에게는 이 파란 승용차가 시속 260km로 미친 듯이 달려오는 것처럼 보일 겁니다. 아니, 보일 뿐만 아니라, 실제 그 속도로 충돌하죠. "콰과광!"

승용차의 속도는 시속 120km이기도 하고, 시속 −20km이기도 하며, 또 시속 260km이기도 합니다. 어느 것 하나만이 '진짜' 속도라고 할 수가 없지요. 승용차를 관측하는 상대방의 속도에 따라 달라지니까요. 이처럼 한 물체의 속도는 상대적입니다. 속도는 상대적이라는 것, 그것을 이 책에서는 쉬운 버전의 상대성 원리라고 부르겠습니다. 우리의 경험과 일치하고 상식에도 잘 부합하죠. 어려울 것이 없습니다. 그러니 곧장 다음으로, 심오한 버전의 상대성 원리로 넘어갑시다.

심오한 버전이라고 했지만, 처음 시작은 쉬운 버전하고 똑같아요. 역시나 속도는 상대적이라는 거예요. 그런데 이 평범한 얘기에 심오한 진실이 깃들어 있어요. 그 진실을 최초로 알아챈 사람이 바로 갈릴레오랍니다.

갈릴레오? 지동설을 주창한 그 갈릴레오? 맞아요. 상대성 원리의 창시자는 바로 그 사람입니다. 이상하네, 상대성 원리는 아인슈타인이 창시한 것 아닌가? 미안하지만 아니에요. 아인슈타인이 창시한 건 상대성 이론이랍니다. 그는 갈릴레오의 상대성 원리를 알고 있었고 또 매우 좋아했지요. 그 원리를 바탕으로 혁신적인 이론을 창시했을 정도니까요. 그리하여 이름도 상대성 이론이라고 붙였지요.

갈릴레오 하면 지동설, 지동설 하면 갈릴레오죠. 이건 삼척동자도 다 아는…… 것까지는 아니지만, 여러분은 다 아시죠? 그런데 잘 알려지지 않은 사실이 있어요. 갈릴레오가 지동설을 주장하기 위해 상대성 원리를 개발했다는 사실! 상대성 원리가 없었다면, 지동설은 성공하기 힘들었을 거라는 사실! 어때요, 이런 얘기 처음 듣는 분들 많으시죠? 저도 어른이 된 뒤, 과학사 공부를 하고서야 알게 되었어요.

이제부터 여러분에게 과학사 이야기를 해 드리려고 해요. 갈릴레오의 상대성 원리가 무엇인지, 그것이 지동설하고 무슨 상관인지 알려 드릴게요. 이것을 알고 나면 심오한 버전의 상대성 원리가 쉽게 이해됩니다. 그러고 나면 특수 상대성 이론으로 직행하는 고속도로가 활짝 열릴 거예요. 기대해 주세요.

천동설은
과학인가 미신인가

우선 아주 오래전 옛날로 돌아가 이야기를 시작해야겠어요. 그

옛날 사람들은 지구가 우주의 중심에 있다고 믿었습니다. 그런 지구의 주위를 해와 달과 무수한 별들이 매일 한 바퀴씩 돈다고 생각했지요. 이런 믿음이나 이론을 지구 중심설이라고 불러요. 또는 천동설이라고도 부르지요. 천체가 지구를 중심으로 매일 한 바퀴씩 이동한다는 설이니까요. 그러니까 지구 중심설과 천동설은 같은 이론입니다.

한편, 지동설 혹은 태양 중심설이라 불리는 이론도 있습니다. 천동설에 반대해 코페르니쿠스와 갈릴레오가 주장한 파격적인 이론이죠. 흔히 이들의 지동설이 현대의 과학 지식과 일치한다고 알고 있는데요, 실은 약간 차이가 있습니다. 당시의 지동설은 태양이 정지해 있고, 지구는 그런 태양을 중심으로 돈다는 것이었거든요. 그들은 태양 역시 엄청난 속도로 움직인다는 사실을 아직 몰랐던 겁니다.

지동설 혹은 태양 중심설(코페르니쿠스와 갈릴레오)
지구는 태양 주위를 돈다. 그리고 태양은 우주의 중심에 정지해 있다.

현대 우주론
지구는 태양 주위를 돈다. 그리고 지구와 태양을 포함한 태양계 전체도 돈다.

갈릴레오는 태양 중심설을 확신했어요. 하지만 자신의 신념을 주장하기가 쉽지 않았죠. 당시 사람들 대부분이 천동설을 신봉하고 있었으니까요. 사람들은 지구가 우주의 중심에 굳건히 정지해 있다고 믿었죠. 아주 오래전 조상들 때부터 그랬듯이 말이에요. 참 이상하죠? 왜 사람들은 그토록 오랫동안 천동설을 믿었을까요? 기독교 교회가 엉터리 지식을 주입해서? 과학이 별로 발달하지 못한 탓에? 물론 그런 면도 있을 겁니다. 하지만 과학사를 공부해 보니 그게 전부가 아니더라고요. 과학사가 밝혀낸 중요한 진실, 그것은 천동설이 단순한 미신이 아니었다는 겁니다. 미신은 커녕 천동설은 상당히 정교한 과학 이론이었습니다. 저는 이 사실을 알게 되었을 때, 놀랍고도 기뻤어요. 놀란 건 이해가 되지만 왜 기뻤냐고요? 저는 이전부터 왠지 불편했거든요. 옛날 사람들이 너무 미신만 믿는, 어리석은 사람들 취급을 받는 것 같아서요. 그런데 과학사를 공부해 보니 옛날 사람들이 천동설을 믿을 만한 근거들이 꽤 있었던 겁니다. 이렇게 새로운 사실을 알게 되면서 과학에도 더욱 흥미를 느끼게 되었죠. 잠시 여러분께도 그 이야기를 들려 드리고 싶네요.

우선 알아 둘 것은 옛사람들이 천동설뿐만 아니라 지동설도 알고 있었다는 사실입니다. 지동설이 맞다고 주장한 사람들도 당연히 있었지요. 대표적으로 기원전 3세기에 그리스의 아리스타르코스는 이렇게 주장했습니다.

지구는 하루에 한 번씩 자전을 한다.
자전을 하면서 태양의 둘레를 1년에 한 번씩 공전한다.

현대의 과학 지식이라 해도 손색없어 보이죠? 지금으로부터

2000여 년 전에 이미 이런 지동설이 등장했던 거예요. 그런데 그런 이론들이 천동설한테 패배합니다.(좀 이상하죠?) 그 뒤로도 천동설을 비판한 사람들이 간간이 등장했지만 천동설은 요지부동이었어요. 누구도 천동설을 쓰러뜨리지 못했답니다.(더 이상하죠?) 왜 그랬을까요? 간단합니다. 천동설을 지지하는 근거가 많았기 때문입니다. 반대로 태양 중심설은 근거가 별로 없었죠. 오히려 태양 중심설에 반하는 현상들이 더 많았어요. 몇 가지만 얘기해 볼까요?

천동설(지구 중심설)을 지지하는 근거들

1. 모든 사람이 날마다 두 눈으로 똑똑히 본다, 해와 달과 수많은 별들이 지구를 중심으로 도는 모습을. 지구는 분명히 우주의 중심이다.

2. 모든 사람이 매 순간 몸으로 경험한다, 지구가 굳건히 정지해 있다는 것을. 흔들리는 낌새조차 없다. 지구는 분명히 정지해 있다. 만의 하나 지구가 이동 중이라면, 그 속도는 엄청날 것이다. 따라서 지구에는 끊임없이 세찬 바람이 불어야 마땅하다. 바람이 전혀 불지 않는 날에도, 말을 타고 달리면 바람이 쌩쌩 불듯이. 그렇지만 지구의 현실은? 전혀 그렇지 않다. 사람들의 머리털이 휘날리는 것조차 볼 수가 없다. 그래도 의심이 사라지지 않는다면 저 하늘의 새들을 보라. 만일 지구가 고속으로 이동 중이라면 왜 새들이 우주 공간으로 날려 가지 않는단 말인가!

3. 하늘을 향해 돌멩이를 던져 보라. 원래 던져졌던 자리로 다시 떨어진다. 만일 지구가 고속 이동 중이라면, 돌멩이는 본래의 자리로 돌아올 수가 없다. 훨씬 뒤쪽, 그것도 아주 먼 곳에 떨어져야 한다. 그렇지만 실제로는? 전혀 그렇지 않다. 지구는 틀림없이 정지 중이다.

4. 돌멩이든 뭐든 하늘을 향해 던져 보라. 반드시 지상으로 다시 떨어진다. 이게 지구가 우주의 중심이라는 증거가 아니고 무엇이겠는가! 모든 물체가 우주의 중심(지구)을 향해 낙하하는 것, 이보다 더 자연스러운 일이 또 어디 있겠는가! 지구는 틀림없이 우주의 중심에 있다.

5. 태양이 우주의 중심이고 지구는 그 주변을 도는 한낱 행성에 불과하다고? 그런 헛소리가 어디 있는가? 그렇다면 달에 대해 설명해 보라. 왜 달은 태양이 아니라 지구를 중심으로 도는가? 아마 어떤 대답도 할 수 없을 것이다. 왜? 지구가 우주의 중심이니까.

6. 행성의 궤도들도 태양 중심설보다 천동설이 더 잘 예측했다.

이외에 더 복잡하고 전문적인 근거들도 꽤 많았답니다. 하지만 이 정도로 그칠까 해요. 지금까지 든 몇 가지만으로도 천동설이 단순한 미신만은 아니라는 것을 느끼셨을 테니까요.

쩔쩔매는
코페르니쿠스

코페르니쿠스는 갈릴레오보다 100여 년 전의 과학자였어요. 그는 그 나름대로의 연구를 통해 태양이 우주의 중심임을 확신했어요. 몇 가지 근거도 확보하고 있었고요. 하지만 그도 역시 천동설에 상대가 되질 않았어요. 상식적인 반론에도 변변한 답을 내놓지 못하고 쩔쩔맸지요.

천동설 학파 돌멩이를 하늘로 던지면 왜 우주 공간으로 날아가지 않고 다시 지상으로 돌아오는가? 지구가 우주의 중심이기 때문이 아니겠는가!

코페르니쿠스 아니다. 돌멩이가 지구로 돌아오는 건, 그 물체가 본래 지구에 속해 있는 것이기 때문이다. 자기가 본래 속해 있는 곳으로 돌아오는 것은 자연스러운 일이다.

푸른 하늘에 떠다니는 저 새들은 왜 지구 밖으로 날려 가지 않는가?

새들이 지구를 둘러싼 공기와 함께 지구에 연계되어 있기 때문이다.(간단히 말하면, 새들 또한 지구에 속해 있고, 그래서 지구와 함께 운동을 한다는 논리이다.)

그럼 왜 달은 지구로부터 벗어나지 않는가? 지구에서 엄청 멀리 떨어져 있는데도.

 …….

 설마 달도 지구에 속한다고 말하려는 것인가? 만일 그렇게 주장한다면, 그건 더 한심한 소리다. 달이 지구에 속한다면 왜 지구로 떨어지지 않는가? 저 거대한 덩어리가 어째서 지구로 추락하지 않는가? 훨씬 더 가벼운 돌멩이나 열매들도 다 지상으로 떨어지는데 말이다.

 …….

 지구가 태양을 중심으로 회전한다고? 그 이유는 무엇인가?

 지구는 둥글다. 둥근 물체가 회전 운동을 하는 것은 자연스럽지 않은가! 지구는 둥글기 때문에 자전도 하고 공전도 한다.

 그럼 왜 태양은 자전도 하지 않고 공전도 하지 않는가? 태양도 둥그렇지 않은가?

 …….

불쌍한 코페르니쿠스! 애잔할 지경이네요. 이런 처지에 몰린 건 코페르니쿠스만이 아니었어요. 몇 안 되는 다른 태양 중심론자들도 대동소이했답니다. 수많은 질문 공세에 제대로 맞서지 못했지요. 황당한 얘기 하나 해 드릴까요? 실은 코페르니쿠스도 행성들을 관측할 때는 천동설을 자주 이용했어요. 천동설이 모든 행성의 궤도들을 더 잘 예측했거든요.

어떤가요, 천동설이 태양 중심설보다 훨씬 못한 이론 같은가요? 여전히 천동설은 천문학 이론이 아니라 단순한 미신에 불과해 보이나요?

목성 주변에서 뭔가
서성이고 있어!

물론 천동설(지구 중심설)도 완벽하지만은 않았어요. 그 이론에 맞지 않는 이상한 현상들도 있었으니까요. 천동설을 의심하는 사람들은 그런 현상들을 지적했지요. 그렇지만 계란으로 바위 치기였어요. 몇 가지 소소한 문제점을 가지고는 천동설을 쓰러뜨릴 수 없었지요. 문제점이 많기로 치면 태양 중심설이 더 심했으니까요. 하지만 세상에 영원한 것은 없습니다. 그토록 막강하던 천동설에도 드디어 운명의 시간이 다가왔어요. 무시무시한 진짜 강적이 나타났거든요. 그의 손에는 망원경이 들려 있었지요. 누군지 아시겠어요? 바로 이탈리아의 갈릴레오였지요.

망원경이라고 하면 흔히 갈릴레오가 발명한 것이라고 알고들 계시죠? 하지만 최초로 망원경을 발명해 특허권을 따낸 사람은 네덜란드의 안경 제작자 리페르세이였답니다.(1608년) 갈릴레오는 이 소문을 접하고 자신도 즉시 망원경을 만들어 보았던 것뿐이에요. 손재주가 좋아 이전에도 렌즈를 곧잘 만들었던 갈릴레오. 그는 단시간 내에 개량된 망원경을 제작해 냅니다. 당시 보통 망원경들은 10배율이었는데, 갈릴레오의 것은 60배율이나 되었어요. 대단하죠? 그래 봤자 오늘날의 망원경에 비하면 아무것도 아니지만요.

그는 정교한 망원경들을 판매해서 돈푼깨나 만집니다. 당대의 권세가에게 바쳐 신분 상승을 꾀하기도 했고요. 만일 거기서 멈추었다면? 그랬다면 우리는 오늘날 그의 이름을 들어 보지도 못했을 겁니다. 하지만 갈릴레오는 거기서 멈추지 않았어요. 어느 날 밤, 망원경의 방향을 지상에서 밤하늘로 돌려 보았답니다. 그러자 놀라운 광경이 눈앞에 펼쳐졌어요. 망원경 속에 나타난 밤하늘의 풍경은 참으로 경이로웠습니다. 그는 홀린 사람처럼 날마다 밤하늘을 관측했지요. 그리고 그 결과를 꾸준히, 세심하게 기록했습니다. 갈릴레오는 세상에서 우주를 가장 멀리, 가장 깊이 보는 사람이 되었습니다.

그러던 어느 날, 갈릴레오는 망원경 속에서 이상한 장면을 목격하게 됩니다. 목성 주위에서 뭔가가 서성이고 있었던 거예요. 듣도 보도 못한 작은 덩어리들이었죠. 처음엔 그게 뭔지 몰랐어요. 아직까지 관측된 적이 없는 별들인가 싶었지요. 그렇게 생각하면서 몇 개월 동안 열심히 관측을 거듭했습니다. 그런 노력 끝에 갈릴레오는 깨닫게 됩니다. 네 개의 덩어리는 별이 아니라 목성의 위성이라는 사실을!

목성의 위성 발견. 이것은 갈릴레오의 대표 업적 중 하나입니다.

그게 그렇게까지 대단한 일이냐고요? 그렇습니다. 그때까지 위성을 거느린 건 지구밖에 없는 줄 알았거든요. 밤하늘의 저 달을 보라. 언제나 지구를 중심으로 돌지 않는가! 바로 이것이 지구 중심설의 강력한 근거 중 하나였어요. 그런데 이제 목성에도 주위를 도는 것, 즉 위성이 발견된 거예요.

지구가 우주의 중심이라는 걸 달이 증명해 준다고?
그럼 위성을 네 개나 거느리고 있는 목성은?

이 발견 이후로, 달은 천동설의 근거에서 탈락하고 맙니다. 천동설에 심각한 금이 가기 시작한 거예요. 두둥!

갈릴레오는 이밖에도 여러 가지 발견을 했습니다. 천동설에 어긋나는 사실들도 하나하나 쌓아 갔지요. 그렇지만 이런 식으로는 천동설을 이길 수가 없었어요. 그러기에는 천동설의 증거가 너무 많았거든요. 반면, 태양 중심설의 증거는 아직도 빈약했어요. 새로이 발견된 목성의 위성들이 천동설에 타격을 준 건 분명하죠. 하지만 그게 곧 태양 중심설의 증거는 아니잖아요? 목성 중심설이라면 몰라도. 태양 중심설을 신봉하던 갈릴레오에게는 좀 더 강력한 것이 필요했어요. 특히, 보통 사람들이 날마다 확인하고 경험하는 천동설의 근거들을 단번에 무너뜨릴 무언가가 절실하게 필요했지요. 그런 간절함이 통했던 것일까요? 갈릴레오는 어느 날 천동설의 급소를 깊숙이 찌를 필살기를 손에 넣게 됩니다. 바로 심오한 상대성 원리였지요.

심오한
상대성 원리

얘기하다 보니 어느덧 우리의 목적지인 심오한 버전의 상대성 원리에 도달했네요. 여기까지 오느라고 다들 수고가 많았어요. 여러분, 아직도 기억하시나요? 쉬운 버전의 상대성 원리가 무엇이었는지? 속도가 상대적이라는 거였죠. 심오한 상대성 원리도 기본 내용은 똑같아요. 그럼 다른 점은 뭐냐고요?

간단히 말하면 속도가 상대적이기 때문에 희한한 일이 벌어질 수 있다는 겁니다. 한번 생각해 보세요. 내 주변의 모든 것이 다 같은 속도로, 같은 방향으로 움직인다면 어떤 풍경이 펼쳐질까요?

답: 나를 포함해 모든 것이 정지 중인 것처럼 보인다.

어! 정말 그럴까 싶으시죠? 정말 그렇습니다. 머리 아프게 고민할 필요도 없어요. 비행기를 탔을 때만 생각해 봐도 바로 답이 나오니까요.

비행기의 평균 속력은 시속 900km입니다. 방향도 거의 바꾸지 않고 곧장 날아가지요. 급작스레 난기류를 만나거나 조종사가 방향을 획 틀어 버리지 않는 한 말이에요. 이렇게 같은 속도(등속)로 곧장(직선) 이동하는 것을, 물리학자들은 등속 직선 운동이라고 부릅니다. 비행기가 등속 직선 운동 상태일 때, 그 안의 상태 역시 똑같습니다. 모든 것들이 죄다 같은 속도로, 같은 방향으로 움직이지요. 탑승객과 승무원 들은 물론이고, 비행기 안의 모든 물건까지 다 그렇죠. 당연합니다. 그 모든 것이 비행기에 실려 이동 중이니까요. 자, 이만큼 얘기했으니 방금 전 퀴즈를 다시 한번 풀어 볼까요?

문: 나와 내 주변의 모든 것이 등속 직선 운동을 한다면,
내 주변이 어떻게 보일까?
답: 나를 포함해 모든 것이 정지 중인 것으로 보인다.

이것이 우리가 비행기를 탔을 때 늘 경험하는 일이에요. 나 자신을 포함해 탑승객들과 승무원들, 그리고 좌석이나 화장실 같은 시설들이 다 그렇죠. 모두 정지 중인 것으로 보입니다. 안에서 보는 비행기의 선체도 정지 중인 것으로 보이고요. 실제로도 정지 중인 것과 마찬가지입니다. 비행기 안의 그 어떤 것도 내게 다가오지 않고, 또 멀어지지도 않습니다.(혹여라도 그런 일이 일어난다면 큰일 나겠죠?) 따라서 이때 탑승객들은,

비행기가 정지 중인지, 아니면 비행 중인지를 알 수가 없다!

모든 게 멈춰 있는 것으로 보이니까 그럴 수밖에요. 캄캄한 밤중이라 창밖이 보이지 않을 때는 특히 더 그래요. 비행기가 시속 900km

로 비행 중인지, 아니면 정지 중인지 도통 알 방법이 없지요. 과학자들이 별의별 실험을 다 해 봐도 마찬가지예요. 비행기 안에 타고 있는 한, 비행기가 등속 직선 운동을 하는 한 말이에요. 중요한 얘기니까 좀 더 구체적으로 말해 볼게요.

깜깜한 한밤중, 비행기가 시속 900km의 속도로 비행 중입니다. 1분에 15km의 속도네요.(900÷60=15) 초속으로는? 250m예요.(15÷60=0.25km) 무지 빠른 속도죠. 그렇지만 탑승객들은 비행 중인지 아닌지를 알지 못합니다. 비행기 밖을 보지 않는 한, 무슨 실험을 해도 알 방법이 없어요.

비행기 안에서 점프를 해 보면 어떨까요? 뛰어올랐던 지점보다 뒤에 떨어지게 될까요? 아니죠. 그럼 큰일 나게요. 당신이 2초 동안 점프했다면, 그 2초 동안 비행기는 500m나 질주했을 것 아니겠어요? 그랬다면? 비행기 뒷문이 시속 900km의 속도로 당신을 덮쳐 버릴 겁니다. 그 결과는? 상상만 해도 끔찍하죠. 하지만 여러분, 혹시 비행기 안에서 점프했다가 몸이 산산조각 난 사람 얘기 들어 본 적 있나요?

비행기 화장실 앞에서 점프했다면 화장실 앞에 착지하죠. 주스를 따라도 뒷사람 얼굴에 쏟아지는 일은 없지요. 정확히 내 잔 속으로 낙하합니다. 정지 상태랑 똑같이 말이죠. 위로 공을 던져 봐도 마찬가지예요. 정지 상태랑 똑같죠. 어떤 장난을 쳐 봐도, 정교한 실험을 해 봐도 마찬가지입니다. 나를 포함해 주변의 모든 것이 시속 900km로 이동 중인데도, 그 속도를 전혀 느낄 수 없습니다. 속도를 느끼긴커녕, 아무 변화도 없다 보니 급속도로 지루해집니다. 쿨쿨

숙면을 하는 데 아무런 지장이 없지요.

> **심오한 상대성 원리(갈릴레오가 창시)**
> 어떤 물체가 등속 직선 운동을 하면, 그 안에서는 정지 중인지, 이동 중인지 알 수가 없다. 정지 상태와 똑같기 때문이다. 그 물체 안에서는 어떤 실험이나 관찰을 해도 정지 상태와 차이가 없다.

그게 천동설하고
무슨 관계지?

당연한 얘기를 왜 이리 오래 하는 건지, 살짝 지루해진 친구들도 있을지 모르겠네요. 대체 이런 얘기가 무엇이 심오하다는 건가? 천동설이나 태양 중심설하고 무슨 상관이란 말인가?

상관이 있습니다. 그것도 아주 많이요. 이제 그 핵심을 이야기해 드리죠. 사실 지구는 거대한 우주 비행체입니다. 우주 공간 속에서 엄청난 속도로 이동 중인 초대형 비행체! 갈릴레오는 지구가 그런 초대형 비행체라는 것을 깊이 느끼고 있었어요. 등속 직선 운동을 하는 거대한 돌덩이! 그렇게 보면 지구인들은 그 비행체의 탑승객들이죠. 그래서? 지구 안에서는 지구가 이동 중인지, 정지 중인지를 알 수가 없어요. 바로 이게 갈릴레오의 심오한 상대성 원리였답니다. 짜잔!

이것은 상식에 크게 반하는 원리였습니다. 사람들은 흔히 정지 상태와 이동 상태를 다르다고 생각합니다. 버스든 전철이든 다 그렇잖아요. 정지 중일 때와 이동 중일 때의 경험이 다르죠. 속도가 빠를수록 더 크게 달라진다고 느끼고요.

상식 1: 정지 상태와 이동 상태는 다르다.

상식 2: 속도가 빨라질수록 상태가 크게 달라진다.

상식 3: 정지 상태(변화 없음) < 느린 이동 상태(약간의 변화) < 빠른 이동 상태(커다란 변화)

당연한 상식이요, 일상적인 경험입니다. 그런데 갈릴레오는 바로 이런 상식에 정면으로 도전했어요. 그에 따르면, 진짜 다른 건 '이동 중이냐 정지 중이냐'가 아닙니다. '등속 직선 운동이냐 아니냐'야말로 다른 것이지요.

갈릴레오의 상대성 원리

1. 속도는 상대적이다.

2. 그래서 어떤 물체도 '절대 속도'를 가질 수 없다. A에 대해서는 속도가 얼마고 B에 대해서는 속도가 얼마고…… 이런 얘기밖에 할 수 없다.(쉬운 상대성 원리)

3. 등속 직선 운동 상태는 정지 상태와 똑같다. 따라서 정지 상태와 구별이 안 된다. 이 경우 자기가 정지 중인지, 이동 중인지를 알 수가 없다.(심오한 상대성 원리)

4. 정지 상태는 등속 직선 운동에 포함된다. 속도와 방향 모두 변화가 없기 때문이다.

5. 반면 속도가 변하거나 방향이 변하면 정지 상태와 달라진다.

6. 만일 정지 상태와 다른 현상이 관찰된다면? 그것은 현재 내가 등속 직선 운동 상태가 아니라는 증거다.

지구 차원으로
스케일을 키워 보자

지구도 이 원리에서 예외가 아닙니다. 역시나 중요한 것은, 지구가 정지 중이냐 이동 중이냐가 아닙니다. 그보다는 지구가 등속 직선 운동 중이냐 아니냐가 중요하지요. 사실 지구는 누가 봐도 정지한 것으로 보입니다. 돌맹이를 던져 보든, 제자리에서 점프를 해 보든 마찬가지죠. 그러니까 인류가 오래도록 '지구는 정지 중'이라고 믿었던 거지요.

갈릴레오 역시 지구가 정지 상태랑 똑같다는 것을 인정했습니다. 어떤 관찰이나 실험을 해 봐도 그러니까요. 그렇다면 지구는 진짜 정지 중일까? 갈릴레오는 그렇지 않다고 생각했어요. 그 대신 이렇게 파격적인 주장을 내놓았죠. "지구는 정지 상태랑 똑같다. 따라서 지구는 정지 중이거나 등속 직선 운동 중이다." 정지 상태는 등속 직선 운동 상태에 포함되니까 간단히 이렇게 말해도 좋습니다. "지구는 정지 상태랑 똑같다. 따라서 지구는 등속 직선 운동 상태다." 그렇지만 지구 바깥의 풍경을 보면 알 수 있는 것 아니냐고요? 해도, 달도, 뭇별들도 저 하늘 위에서 이동하는 게 분명히 보이지 않느냐고요? 그런 반론이라면 쉬운 상대성 원리로 간단히 처치해 버릴 수 있습니다. 그 원리에 따르면 속도는 상대적입니다. 우선 지구에서 볼 때는 자기를 뺀 모든 천체가 이동 중인 것으로 관측됩니다. 하지만 태양에서 본다면 어떨까요? 당연히 태양 자신을 뺀 모든 천체가 이동 중이라고 관측되지요. 사실 지구가 움직이든, 천체가 움직이든 지구인들이 보는 하늘의 풍경은 똑같습니다. 그래서 지구인들은 지구가 '진짜' 정지 중인지 아닌지를 알 수가 없지요. 바로 이것이 갈릴레오의 혁신적인 주장이었습니다.

물론 엄밀히 따지고 들면 지구는 등속 직선 운동을 하지 않습니다.

우선 첫째로, 지구의 이동 속도가 등속이 아니지요. 지구가 태양 가까이에 갔을 때랑 좀 멀어졌을 때랑 속도가 다르거든요. 가까이 갔을 때가 조금 더 빨라요. 하지만 그 차이는 극도로 미미하죠. 그래서 지구인들은 속도의 변화를 느낄 수가 없습니다.

둘째, 지구는 곧장 직선으로 이동하지도 않습니다. 태양을 중심으로 타원 운동을 하니까요. 그렇지만 그 타원 궤도라는 게 엄청 거대하잖아요. 그런 까닭에 실질적으로는 직선 궤도와 거의 차이가 없어지고 맙니다. 지구가 사실은 둥그렇지만, 너무 커서 바닥이 평평하다고 느끼는 것과 같은 이치예요. 비슷한 이치로 지구의 자전 역시 느껴지지 않습니다. 날마다 엄청난 속도로 회전하는데도, 전혀 어지럽지 않지요.

비행기도 실은 속도나 방향이 조금씩 변하잖아요. 하지만 그 차이가 너무 미미해서 승객들은 변화를 거의 느끼지 못합니다. 자신과 주변의 모든 것이 고속 이동 중이라는 사실을 실감할 수가 없지요. 그러니 비행기보다 훨씬 큰 초대형 비행체인 지구에서는 어떻겠습니까? 당연히 정지 상태와 차이가 없겠죠. 정지 중인지, 등속 직선 운동 중인지, 구별할 방법이 없지요. 비행기 안에 있을 때보다 더 없어요. 갈릴레오는 이 원리를 바탕으로 천동설의 핵심 근거 세 가지를 파괴해 버립니다. 과연 어떻게 파괴했는지, 함께 보시죠.

갈릴레오의 창, 천동설을 찌르다!

천동설 학자

해와 달과 수많은 별들이 지구를 중심으로 매일 한 바퀴씩 돈다. 우리는 이 사실을 날마다 눈으로 확인한다.

갈릴레오

그렇게 보이는 것은 사실이다. 하지만 그건 해와 달과 수많은 별들이 가만히 있고, 지구가 자전을 해도 똑같이 나타날 현상이다. 따라서 천동설의 근거가 못 된다.

지구는 언제 누가 보더라도 정지 중이다. 만약 지구가 움직이고 있다면 지구에는 맹렬한 태풍이 불어야 한다. 최소한 사람들의 머리칼이라도 휘날려야 할 것이다. 또한 사람들이 이리저리 비틀거리거나 몸이 한쪽으로 쏠려야 한다.

지구는 움직이고 있다. 단, 속도와 방향에 변화가 거의 없을 뿐이다. 그래서 지구인들은 정지 상태와 똑같은 체험을 하게 된다. 거대한 배의 선실에 있던 때를 떠올려 보라. 배가 아무리 빨리 항해해도 선실 내에선 바람이 불지 않는다. 곤충들과 어항 속 물고기들도 비틀거리지 않고 평소와 똑같이 유유히 이동한다. 배가 등속 직선 항해 중이면 정지 상태와 똑같기 때문이다. 지구 역시 마찬가지다. 따라서 지구에서의 관측이나 실험만 가지고는 알 수가 없다, 지구가 정지 중인지 아니면 이동 중인지를.

 돌멩이를 하늘 위로 던지면, 원래 자리에 떨어진다. 만일 지구가 고속 이동 중이라면, 돌멩이는 본래 자리보다 훨씬 뒤에 떨어져야 한다.

 배가 항해 중이어도, 선실 내에서 돌멩이를 던지면 원래 자리에 떨어지지 않던가! 물론 하늘로 날아간 돌멩이가 원래 자리로 다시 떨어지는 건 사실이다. 그것은 지구가 정지 중이어서 그럴 수도 있지만 등속 직선 운동 중이어서 그럴 수도 있다. 따라서 그건 천동설의 근거가 못 된다.

갈릴레오의 주장을 대화 형식에 담아 보았습니다. 보시다시피 그는 태양 중심설이 옳다는 근거를 댄 것이 아닙니다.(정말?) 천동설이 틀렸다는 증거도 별로 많이 대지를 못했습니다.(설마? 그럼 갈릴레오가 한 일이 뭐지?) 그는 주로 천동설의 근거를 약화시켰지요. 지구에서의 경험만 가지고는 천동설이 옳다고도, 태양 중심설이 옳다고도 할 수 없다는 논리로요.(겨우 그런 거였나?) 하지만 그의 논리는 파괴력이 장난 아니었습니다. 방금 보았듯이, 천동설의 확고한 근거 세 가지가 순식간에 증발해 버렸으니까요.

사람들은 날마다 천체가 이동하는 모습을 두 눈으로 똑똑히 보았습니다. 지구가 미동도 하지 않는다는 사실도 늘 몸소 경험했지요. 이렇게 생생한 관측과 분명한 경험이 있었기에, 천동설을 확신할 수밖에 없었고요. 갈릴레오는 바로 그런 확신을 뒤흔들었습니다. 그의 무기는 심오한 버전의 상대성 원리였습니다. 이 강력한 무기를 휘두르자, 천동설의 핵심 근거들이 동시에 태양 중심설의 근거가 되어 버렸지요. 결국 우리의 일상 경험과 관측만으로는 어느 쪽이 옳은지 알 수 없게 되었습니다.

	천동설의 근거	갈릴레오의 반론	판정
1	천체는 지구를 매일 돈다.	지구가 자전해도 관측 결과는 같다.	무승부
2	지구는 흔들리지 않는다.	지구가 등속 직선 운동을 해도 똑같다.	무승부
3	돌멩이가 원래 자리로 떨어진다.	지구가 등속 직선 운동을 해도 똑같다.	무승부
4	돌멩이가 지구로 다시 돌아온다.	뾰족한 반론 없음.	천동설 승리
5	지구만이 위성(달)을 거느린다.	목성에는 위성이 네 개나 있다.	태양 중심설 우세

위의 표에서 1~5는 오래도록 천동설의 확고한 근거들이었습니다. 그랬던 상황을 갈릴레오가 상대성 원리를 무기로 크게 바꿔 놓았지요.

우선, 1~3은 천동설의 확고한 근거에서 탈락해 버렸습니다. 물론 굳이 따지자면 천동설의 약간 우세라고도 판정할 수 있을 겁니다.

왜냐고요? 천동설은 복잡한 지식이나 생각이 필요치 않습니다. 하늘을 그냥 쳐다보기만 해도 태양, 달, 별들이 움직이는 것이 보이니까요. 지구가 미동도 하지 않는다는 것 역시 날마다 체험하는 확실한 사실이고요. 반면 이 두 가지 현상을 태양 중심설이 설명하기 위해서는 쉬운 지식과 심오한 지식을 동원해야 합니다. 첫째, 속도는 상대적이라는 것(쉬운 지식). 둘째, 등속 직선 운동을 하면 정지 상태와 똑같다는 것(심오한 지식). 이렇게 두 가지 지식을 안 뒤에야 비로소 태양 중심설에 고개를 끄덕일 수 있게 되지요. 그래서 1~3에 대해서는 무승부거나 천동설 약간 우세라고 평가할 수 있는 겁니다.

4에 대해서는 여전히 천동설의 압승입니다. 갈릴레오가 사망하고도 한참 뒤, 뉴턴이 만유인력 이론으로 이 현상을 설명해 내기 전까지는 계속 그랬지요.

5는 갈릴레오로 인해 반전이 일어났습니다. 목성에 위성이 네 개나 발견되었으니까요. 이것은 지구 중심설(천동설)에 크게 반하는 사실입니다. 반면 태양 중심설에서는 목성을 작은 중심이라고 생각하면 별로 문제가 안 됩니다. 태양계의 행성과 위성들이 큰 중심, 즉 태양을 중심으로 돌면 깔끔하게 설명되지요. 그래서 태양 중심설 우세로 판정할 수 있습니다.

이밖에 좀 더 복잡한 현상들이 있었는데, 그건 태양 중심설 쪽이 조금 더 우세했습니다.(이 얘기는 다소 전문적이니 생략할게요.) 그 결과 전체적인 판세가 이렇게 바뀌었습니다.

천동설의 압도적 우세 → 천동설과 태양 중심설 막상막하

판세를 이렇게 바꿔 놓은 일등공신은 역시 상대성 원리였습니다. 천동설의 강력한 근거 1~3을 모두 무력화시켰으니까요. 그 덕분에 태양 중심설이 천동설과 대등하게 맞설 수 있었지요. 바로 이것이 갈릴레오가 죽기 전에 본 상황이었어요. 태양 중심설이 더 강력해지고, 마침내 최후의 승리를 거두기까지는 그 뒤로도 많은 세월이 흘러야 했답니다.

망원경이 열어 준
새로운 우주

그렇다고 망원경의 활약을 아예 무시해선 안 되겠지요. 갈릴레오는 자신이 개발한 망원경으로 수많은 발견을 해냈습니다. 날마다 추위, 졸음 등과 싸우면서 이룩한 업적이지요. 그중에서도 특히 태양의 흑점, 금성의 위상 변화, 달의 운석공, 목성 주위의 네 위성 발견이 손꼽힙니다. 이런 발견들이 왜 그리 중요하다는 건지, 저는 전혀 알지 못했습니다. 나중에, 어른이 되고도 한참 후에야 알게 되었지요. 독자들 중에도 오래전의 저와 비슷한 분들이 꽤 있을 겁니다. 그런 분들을 위해, 두 가지만 이야기해 드릴까 합니다. 달의 운석공과 태양의 흑점에 대해서예요.

달의 운석공

인류는 오래도록 천상의 세계를 신비하고 거룩한 곳이라 믿었습니다. 밤하늘의 뭇별들은 물론이고 태양과 달도 흠 하나 없는 완벽한 천체라고 믿었지요. 이런 믿음에 여러 가지 관측 결과들이 결합되어 천동설이 탄생했던 겁니다. 그런데 갈릴레오가 망원경으로 자세히 살펴보니 달은 흠 없는 완벽한 천체가 아니었습니다. 완벽하고 매끄럽긴커녕 여기저기 구덩이가 파인 곰보였지요. 그는 커다란 충격을 받았습니다. 그동안 배우고 믿어 온 지식들에 의심의 금이 가기 시작했어요. 당시 과학계의 상식이었던 천동설에 대해서도 강한 불신을 품게 되었지요. 참고로 현대의 천문학에 따르면 그 구덩이들은 운석들이 달에 충돌한 결과 생긴 흉터입니다. 그래서 운석공(隕石孔)이라 부르는 것이죠.(운석공의 '공'은 구멍 공 자입니다.)

태양의 흑점

많은 과학책에는 갈릴레오가 망원경으로 태양의 흑점을 발견했다고 적혀 있습니다. 하지만 사실은 좀 다릅니다.

우선 알아 둘 것은, 흑점은 날씨가 좋으면 맨눈으로도 보인다는 사실입니다. 그래서 인류는 아득한 옛날부터 태양의 검은 점을 알고 있었지요. 이것은 태양을 의미하는 날 일(日) 자만 생각해 봐도 금세 알 수 있습니다. 日은 ⊙에서 비롯된 글자가 아닙니까? 동그란 물체 안에 검은 점(흑점)이 있는 것, 그것이 태양이라는 뜻이지요. 이 글자를 보면, 동양에서는 아득한 옛날부터 흑점을 관측했다는 걸 알 수 있습니다. 서양에서도 크게 다르지 않았습니다. 이처럼 오래 전부터 알려져 있던 사실을 갈릴레오가 최초로 발견할 수는 없었겠죠? 그럼 왜 과학책에는 갈릴레오가 흑점을 발견했다고 쓰여 있는 걸까요?

방금 말했듯이, 태양의 검은 얼룩들은 오래전부터 관측된 것이었습니다. 그런데 그것을 선뜻 인정하기가 쉽지 않았어요. 옛사람들은 해와 달과 뭇별들이 흠 하나 없이 완벽한 천체라고 믿었다고 했잖아요? 그랬기에 태양에 거무튀튀한 게 묻어 있다는 게 자못 이상하게 느껴졌던 겁니다. 그런데 불행인지 다행인지, 정확히 관찰하기에는 태양이 너무 멀리 있었습니다. 그래서 이렇게 판단했지요. 그건 태양 주변을 공전하는 작은 행성이거나 아니면 태양 주변을 어슬렁거리는 사악한 기운일 거라고. 왕 주변에 흑심을 품은 간신배들이 어슬렁거리듯이 말이죠. 다만 태양이 너무 멀기 때문에, 그 검은 물질들이 마치 태양의 얼룩인 것처럼 보일 뿐이라고.

하지만 갈릴레오는 달랐습니다. 망원경으로 보니 흑점이 한둘이 아니었거든요. 게다가 그 얼룩들은 태양 표면을 따라 서쪽에서 동쪽으로 규칙적으로 움직이고 있었습니다. 이를 볼 때, 그것은 태양 표면의 얼룩이거나 최소한 검은 구름 같은 것이어야 했지요. 물론 이 검은 얼룩들의 정확한 정체는 갈릴레오도 알 수 없었습니다. 그래서 더욱 열심히 관측을 했지요. 수학 실력과 광학 지식을 활용해 다양하게 계산도 해 보았어요. 그 결과 흑점이 태양에 맞닿아 있거나 기껏해야 아주 조금밖에 떨어져 있지 않다는 결론에 도달하였습니다. 한마디로 수많은 흑점들은 태양과 무관하지 않았던 것입니다.

당시 사람들은 달과 태양이 어떤 흠결도 없이 완벽한 천체라고 믿었습니다. 천동설의 바탕에는 이런 믿음이 강하게 깔려 있었지요. 하지만 망원경은 전혀 다른 진실을 보여 주었습니다. 달과 태양은 결코 완전무결한 천체가 아니었지요. 이 발견으로 인해 오래된 믿음은 권위를 상실하였습니다. 천동설의 근본 바탕이 흔들리기 시작한 것입니다.

망원경으로
본다는 것

달의 운석공과 태양의 흑점에 대한 이야기를 들어 보니 어떠세요? 막연히 알고 있던 것보다 더 복잡하고 덜 멋있죠? 결정적인 발견이라고 하기에는 무언가 모자라고요. 하지만 위대한 과학 혁명들은 대부분 이렇게 시작됩니다. 처음 시작한 사람들은 모든 게 불투명하고 이건지 저건지 마구 헛갈렸습니다.

사실 갈릴레오 당시의 망원경은 그리 정밀한 것이 못 되었습니다. 무려 400여 년 전의 것이니 그 수준이 어땠겠습니까? 물론 좀 떨어져 있는 건물이나 사람은 정말 크고 선명하게 보였습니다. 많은 사람을 놀라게 하기에 충분했지요. 하지만 밤하늘에 들이댔을 때에는 사정이 크게 달랐습니다. 달이나 별들이 희뿌옇게 보이는 데다가 둘이나 셋으로 겹쳐 보이기까지 했어요. 망원경을 하늘로 향했더니 달의 운석공, 태양의 흑점, 목성의 네 위성들이 곧바로 모습을 드러냈다? 그런 상식은 실제 역사와 상당히 거리가 멉니다.

실제로는 이랬습니다. 당시에 많은 사람들, 특히 저명한 천문학자들이 갈릴레오의 발견 소식을 듣고 크게 놀랐습니다. 그래서 몇십 명의 학자들이 모여 갈릴레오와 함께 망원경으로 밤하늘을 보았지요.(당시 교회가 다짜고짜 갈릴레오를 탄압했다는 것은 전혀 사실이 아닙니다.) 그래서 어떻게 되었을까요? 황당한 일이 발생했어요. 당시 과학자들의 눈에, 갈릴레오가 보았다는 것들이 나타나지 않았습니다. 아무리 관측을 해 봐도 윤곽조차 불분명한 물체들이 눈앞을 어지럽힐 뿐이었어요. 봤으면서도 못 본 척 우겼을지도 모른다고요? 그렇지 않습니다. 갈릴레오를 지지하던 소수의 학자들 눈에도 그렇게밖에 보이지 않았거든요.

그럼 갈릴레오가 보았다는 건 거짓이었을까요? 아니면 지나친 과장이었을까요? 아닙니다. 그는 우선 망원경 조작 솜씨와 천체 관찰 능력이 탁월했습니다. 망원경 자체도 자신이 제작한 것이었고요. 수많은 나날 동안 관찰하고 기록해 온 체험도 견실히 뒤를 받쳐 주었습니다. 그러니 같은 망원경으로 들여다봤어도 보이는 모습이 크게 달랐을 수밖에요. 최고의 관측자 갈릴레오는 당대의 학자들에게 이렇게 외쳤습니다. "저것이 정말로 보이지 않는단 말입니까?"

단잠의 유혹도 뿌리친 채 차가운 밤기운을 견디며 관측을 거듭했던 갈릴레오를 상상해 봅니다. 그의 위대한 업적은 그런 수많은 시간들의 결과였습니다. 물론 그가 긴 시간을 오롯이 견디기만 했던 건 아닙니다. 밤하늘이 보여 주는 경이로운 풍경이 그를 한없이 벅

차게 했으니까요. 찬 밤이슬을 맞은 뼈마디보다 그의 심장이 더 강하게 떨렸을 겁니다. 그 힘으로 갈릴레오는 계속 전진했습니다. 그는 낡은 믿음과 지식 체계를 거부하고 새로운 발견을 향해 나아갔습니다.

사실 과학의 역사를 수놓은 굵직굵직한 혁명들은 대부분 이렇게 시작되었습니다. 기발한 아이디어 하나로 갑자기 세상을 뒤흔든 것이 아닙니다. 과학의 발견은 복권에 당첨되는 것과는 사뭇 다르니까요. 갈릴레오도, 또 이 책의 주인공 아인슈타인도 그렇게 어두운 길을 성실히 걸어갔습니다. 아니, 없던 길을 만들며 전진했습니다. 저는 혁명가들의 혁신적인 발견이나 이론 못지않게 그들이 거기까지 이르는 과정을 사랑합니다. 그 과정을 하나하나 따라가다 보면 어느새 잔잔한 감동에 젖곤 하지요. 그래서인지 제 얘기가 좀 길어졌네요.

지금까지 우리는 본다는 것이 무엇인지 배웠습니다. 상대성 원리도 쉬운 버전과 심오한 버전 모두를 알게 되었고요. 이것으로 준비 운동은 모두 끝났어요. 이제 갈릴레오를 떠나 19세기 말의 아인슈타인에게 날아갈 시간입니다. 빛의 속도로 '슈슈슉'!

광속
미스터리

2장

왜
빛의 속도였을까?

준비 운동을 마쳤으니 광속으로 비행하는 상상 실험을 다시 한번 볼까요?

광속으로 비행하면, 거울에 내 모습이 비치지 않게 되지.
하지만 그런 일은 있어선 안 돼!

내가 광속으로 비행하면 내 손거울도 광속으로 함께 비행 중일 겁니다. 이 경우, 내 얼굴에 반사된 빛의 속도는 얼마일까요? 빛의 속도니까 당연히 광속이겠죠. 따라서 반사된 빛은 거울 쪽으로 다가갈 수가 없습니다. 빛의 속도가 거울의 속도와 똑같으니까요. 아예 내 얼굴에서 떠날 수조차 없겠죠. 그 결과 거울에 내 모습이 비치질 않습니다. 거울에 내 모습이 비치지 않는다? 그런 말도 안 되는 일이! 내가 무슨 유령도 아니고 말이죠. 혹시 한밤중에 잠이 깨면 화장실 거울 앞에 서 보세요. 그리고 이 상상 실험을 한번 해 보시길……. 누가 압니까, 머리카락이 일제히 곤두서는 신비 체험을 하게 될지? 아인슈타인은 왜 이런 기괴하고 으스스한 상상을 했을까요? 그것도 겨우 열여섯 살 때 말이죠.

아무튼 그는 이런 상상 끝에 "그런 일은 있어선 안 돼!"라고 소리쳤습니다. 왜 이런 결론에 도달했을까요? 거울에 자기 모습이 비치지 않는 것이 너무 기괴하고 이상해서 그랬을까요? 그렇지 않습니다. 아까도 말했지만 상상 실험가는 상상의 나래를 맘껏 펼칠 권리가 있습니다. 과학의 원리에 어긋나지 않는 한, 어떤 상상도 다 허용되지요. 그리고 지금까지 보았듯이 그의 상상 실험에는 아무런 흠도 없었습니다. 과학적으로도, 또 논리적으로도 말이죠. 그러면 그는 왜 "그런 일은 있어선 안 돼!"라고 결론지었을까요? 그건 바로 심오한 상대성 원리 때문이었습니다.

기억나세요? 등속으로 직선 운동을 하면 어떤 상태가 되는지. 네, 그렇습니다. 나와 내 주변의 모든 것이 정지 상태와 똑같아집니다. 그래서 정지 상태일 때와 똑같은 체험밖에 할 수가 없지요. 그러니 자신이 이동 중인지, 정지 중인지를 절대로 알 수 없습니다. 그런데 지금 아인슈타인은 어떤가요? 빛의 속도로 곧장 이동하니까 분명 등속 직선 운동 중입니다. 그렇다면 그는 정지 상태일 때와 똑같은 경험을 해야 합니다. 그런데 웬걸, 거울 속에서 자기 모습을 찾아볼 수가 없지 않습니까? 정지 상태일 때와 판이하게 다르지요. 멀리 있는 다른 사물들을 둘러본 것도 아니고 그저 자기 앞의 거울을 보았을 뿐인데도 자기가 이동 중임을 확실히 알게 되다니! 이건 심오한 상대성 원리와 정면으로 충돌합니다. 그러니 절대로 '그런 일은 있어선 안 됩니다.'

앞서 말했듯이, 상상 실험을 하려면 어느 정도의 과학 지식은 갖추고 있어야 합니다. 아인슈타인 역시 본다는 게 무엇인지는 물론이고, 상대성 원리에 대해서도 알고 있었지요.(이제는 여러분도 잘 아시게 되었죠?) 아인슈타인은 그 덕분에 "그런 일은 있어선 안 된다."라고 결론지을 수 있었던 겁니다.

그런데 여기서 한 가지 작은 의문이 생깁니다. 그는 왜 빛의 속도로 비행한다고 상상했을까요? 왜 기차나 배의 속도가 아니라 현실성이 극히 희박한 광속 비행이었을까요? 그것은 바로 아인슈타인이 광속에 대해 잘 알고 있었기 때문입니다.

당시 광속은 굉장한 관심사였어요. 빛이 빠르다는 거야 오래전부터 잘 알려져 있었죠. 이미 1676년에 천문학자 뢰머가 광속을 초속 21만 4000km라고 계산해 냈으니까요. 350여 년 전에 계산해 본 값 치고는 나쁘지 않죠? 19세기 중반부터는 정밀도가 크게 향상됩니다. 수준이 장난 아니었어요. 우선 1849년에 피조는 광속을 초속 31만 3000km라고 측정하였습니다. 조금 뒤에는 푸코라는 과학자와 협력하여 더욱 정밀한 수치를 얻어 내기도 했고요. 미국의 광학 전문가 마이컬슨은 1879년(아인슈타인이 태어난 해입니다.)에 초속 29만

9910km라고 측정하였습니다. 1882년에는 29만 9850km로 정밀도를 더 향상시켰고요. 이후 측정 기술은 점점 더 발전하였고, 광속의 측정값은 초속 30만km에 계속 근접해 왔습니다. 참고로 오늘날에는 광속을 초속 29만 9792km로 측정하고 있답니다. 보통은 간단하게 초속 30만km라고 하죠.

시속으로는 10억 7925만 1200km입니다. 10억km가 넘죠. 무시무시한 속도입니다. 그런 엄청난 속도를 정밀하게 측정해 낸 과학자들은 더 대단하고요. 그런데요, 당시 과학자들의 표정이 마냥 밝지만은 않았어요. 왜냐고요? 광속을 측정하는 과정에서 기이한 현상이 발견되었거든요.

광속은
이상해!

쉽게 예를 들어 보죠. 어떤 과학자가 광속을 측정해 보니 초속 30만km가 나왔다고 합시다. 만일 이 과학자가 초속 100km로 빛을 추적하면서 재면 어떻게 될까요? 초속 30만km보다 100km 적은 속도 즉, 초속 29만 9900km가 나와야 합니다. 반면, 초속 100km의 속도로 빛을 마중 나가면서 측정하면? 당연히 30만 100km로 측정되어야겠죠. 속도는 상대적이니까요. 그런데 실제로 재 보면 늘 초속 30만km로 측정된 겁니다. 광속은 측정자의 운동 상태와 상관없이 늘 똑같았습니다. 빛을 쏘는 발광체를 이동시켜 봐도 마찬가지였어요. 발광체가 멀리 달아나든, 아니면 관측자 쪽으로 다가오든 광속은 늘 초속 30만km였지요. 광속은 발광체의 운동 상태와도 무관했던 것입니다. 이렇듯 광속은 어떤 상황에서도 똑같았습니다. 참으로 이해할 수 없는 사태였지요. 속도는 상대적이라서 세상에 절대적인 속도를 가진 물체는 있을 수 없습니다. 논리적으로도 불가능하고요. 그런데 광속은 늘 초속 30만km였던 겁니다. 과학자들이 당황할 수밖에 없었죠. 그래서 한때 이런 의심을 품어 보기도 했어요.

혹시 빛의 속도가 너무 빠르다 보니 근소한 차이를 잡아내지 못한 것 아닐까? 사실 발광체가 아무리 빨리 이동한다 해도 빛의 속도에 비하면 새 발의 피잖아. 발광체가 측정 장치 쪽으로 시속 100km로 다가가든, 시속 100km로 멀어지든 얼마나 차이가 나겠어. 시속 100km라 해도 초속으로는 20m밖에 안 돼. 초속 30만km에 20m를 더하나 빼나 극히 미미한 차이에 불과하잖아. 치타가 질주하는 속도를 달팽이가 측정하는 꼴이지. 달팽이가 다가가면서 잴 때와 멀어지면서 잴 때, 치타의 속도에 얼마나 차이가 있겠어! 광속의 차이를 검출하지 못한 것도 이런 이유 때문일지 몰라. 측정 장비와 측정 방식이 더 정밀해지면 그 미미한 차이를 잡아낼 수 있지 않을까?

물론 당시의 실험 장치는 이미 극도로 정밀하게 설계되어 있었습니다. 미미한 차이라도 검출하기에 충분할 정도였죠. 그런데 아무리 여러 번 해 봐도 예상했던 차이가 안 나타나니까 이런 의심까지 품어 본 겁니다. 우리가 미처 생각지 못한 어떤 오류가 있는 게 아닐까, 이렇게 생각하며 당대의 내로라하는 과학자들이 이 문제에 계속 도전했습니다. 그렇지만 아무도 광속의 차이를 검출해 내지 못했어요. 급기야는 당대 최고의 측정 과학자 마이컬슨까지 발 벗고 나섰답니다.

마이컬슨이 누구냐고요? 그는 당시 광학 분야의 최고 전문가였어요. 조금 아까 말했지만 그가 1882년에 측정한 광속은 초속 29만 9850km였습니다. 당시로서는 최고 수준의 정밀도였죠. 노벨 물리학상은 당연히 받게 되고요.(1907년) 그런 그가 드디어 전면에 나섰던 것이에요. 그래서 결과는? 역시 실패였습니다. 몇 년 동안 계속해서 실패의 쓴잔만을 들이켰어요. 광속은 어떤 차이도 보여 주지 않았습니다. 생각다 못해 그는 몰리라는 화학자 겸 물리학자와 힘을 합쳤답니다. 그러고는 1885년부터 이 난제를 협공하기 시작했습니다.

마이컬슨-몰리
실험

마이컬슨-몰리 실험은 당시까지 행해진 실험 중 최고로 정교하고 복잡한 실험이었습니다. 실험 장치는 대략 이렇게 생겼더랬어요.(55쪽을 보세요.)

이런 장치로 어떤 실험을 했느냐? 먼저, 실험 장치를 간략히 표현한 〈그림 1〉을 보세요.

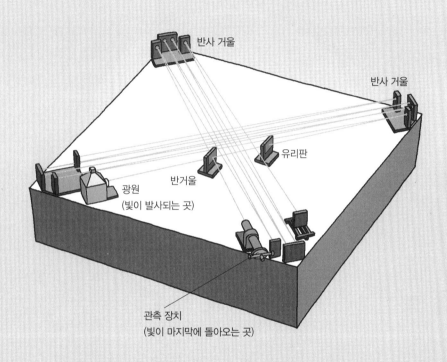

반사 거울

반사 거울

유리판

반거울

광원
(빛이 발사되는 곳)

관측 장치
(빛이 마지막에 돌아오는 곳)

마이컬슨–몰리 실험 장치

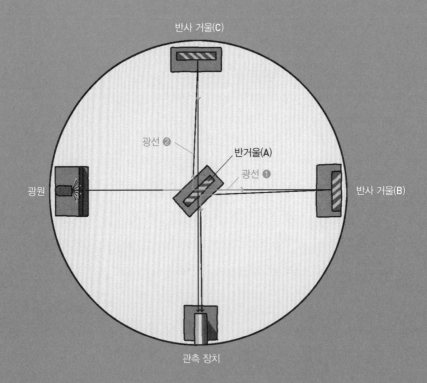

반사 거울(C)

광선 ❷

반거울(A)

광선 ❶

광원

반사 거울(B)

관측 장치

〈그림1〉 마이컬슨─몰리 실험 모식도

1. 광원에서 빛이 발사된다.

2. 빛은 반거울(A)에서 두 갈래로 갈라진다. 반거울이란 반만 거울이라는 뜻이다. 그래서 들어오는 빛 중 반은 그대로 통과시키고, 반은 직각으로 반사시킨다.

3. 광선 ❶은 반거울을 그대로 통과해 B(반사 거울)까지 갔다가 반사되어 반거울로 돌아온다.

4. 직각으로 반사된 광선 ❷는 C(반사 거울)에 가서 반사되어 반거울로 돌아온다.

5. A~B의 거리와 A~C의 거리는 같다. 그러므로 두 광선(❶과 ❷)은 동시에 반거울(A)로 돌아온다.

어려울 것 없죠? 두 광선은 같은 거리를 갔다가 돌아옵니다. 당연히 동시에 도착해야 하겠죠. 그렇지만 실제로는 그래선 안 됩니다. 왜냐고요? 이 실험은 망망한 우주 공간이 아니라 지구에서 수행되었기 때문입니다. 그런데 지구는 태양 주변을 공전하지 않습니까? (시속이 아니라) 무려 초속 30km의 속도로 질주하고 있지요. 실험 장치는 그런 지구에 실려 있습니다. 그러니까 실험 장치 역시 초속 30km의 쾌속으로 이동 중인 겁니다. 당신과 나를 포함해서 지구상의 모든 것이 그렇게 이동 중이지요. 전혀 느껴지지는 않지만 말이죠. 아무튼 실험 장치는 고속 이동 중입니다. 그리고 빛은 지구의 공전 방향과 같은 방향으로 발사되었습니다. 따라서 실제 상황은 이래야 하지요.

광선 ❶의 경우(〈그림 2〉를 보죠.)

1. 빛이 발사되어 반거울(A)을 통과한다.(〈그림 2-1〉)

2. 광선은 B를 향해 날아간다. 그런데 빛이 날아가는 동안, 실험 장치도(따라서 B도) 지구와 같은 방향, 같은 속도(초속 30km)로 이동한다. 따라서 이 광선의 경로는 A~B보다 긴 A~B~B´이다.(〈그림 2-2〉)

3. B´에 부딪친 빛은 반사되어 출발점(A) 쪽으로 돌아온다.(빛이 B´에 부딪친 시점에서 A는 이미 A´로 이동했다.) 그러는 동안 실험 장치가 빛 쪽으로 다가간다. 따라서 돌아오는 빛의 경로는 B´~A´보다 짧은 B´~A″이다.(〈그림 2-3〉)

광선 ❶은 갈 때는 반사 거울 B가 이동한 거리만큼 즉, 지구가 이동한 거리만큼 더 날아간다. 반면 돌아올 때는 반사 거울 B가 다가온 거리만큼 즉, 지구가 이동한 거리만큼 덜 날게 된다. 따라서 광선 ❶의 비행 거리는 지구가 공전하지 않을 때와 똑같다.

광선 ❷의 경우(61쪽의 〈그림 3〉을 보죠.)

1. 발사된 빛이 반거울(A)에서 직각으로 꺾여 반사된다.(〈그림 3-1〉)

2. 광선이 상승하는 동안 실험 장치가 C에서 C´로 이동한다. 따라서 광선은 A~C보다 긴 A~C´의 경로를 따라 비스듬히 상승한다.(〈그림 3-2〉)

3. 빛은 C´에서 반사된 다음 비스듬히 하강한다.(이 시간 동안 A는 A″

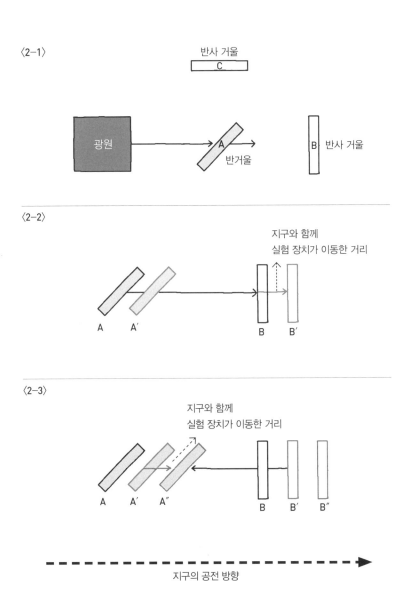

〈2-1〉

반사 거울
C

광원 → A 반거울

B 반사 거울

〈2-2〉

지구와 함께
실험 장치가 이동한 거리

A A′ B B′

〈2-3〉

지구와 함께
실험 장치가 이동한 거리

A A′ A″ B B′ B″

지구의 공전 방향

〈그림2〉 광선 ❶의 경로

로 이동한다.) 따라서 하강 경로는 수직 경로보다 긴 C′~A″이다.(〈그림 3-3〉) 따라서 광선 ❷의 비행 거리는 지구가 공전하지 않을 때보다 길어진다.

여기서 퀴즈! ❶과 ❷ 중, 어느 광선이 먼저 출발점으로 귀환해야 할까요? 답은 광선 ❶입니다. 너무 쉬워서 좀 싱거웠나요? 그렇다면 하나 더 내 보죠. 두 광선의 귀환 시점은 얼마나 차이 날까요? 이건 못 맞추시겠죠? 실제로 계산해 내려면 보통 힘든 일이 아닙니다. 그렇지만 답을 구하는 원리 자체는 그리 복잡하지 않아요. 빛의 속도(약 초속 30만km)와 지구의 공전 속도(약 초속 30km)를 고려하면 구할 수 있지요. 두 과학자는 물론 이 차이를 가볍게 계산해 냈습니다. 그리고 그 미미한 차이를 쉽게 검출해 낼 정밀 측정 기구도 개발했지요. 이 기구는 마이컬슨 간섭계라고 불리는데요, 요즘도 과학 교구로 판매되고 있답니다. 얼마나 잘 개발된 기구면 130년도 더 지난 오늘날까지 사용되고 있겠어요! 물론 지금 팔고 있는 건 그때보다 훨씬 더 개량된 것이지만요.

그런데 간섭계란 말이 생소하죠? 간섭이라는 건 빛의 대표적인 성질 중 하나입니다. 서로 다른 두 광선이 부딪치면 서로 간섭을 하거든요. 속도가 얼마나 차이나느냐에 따라 간섭무늬도 달라진답니다. 간섭계는 바로 그런 다양한 간섭무늬들을 보여 주는 기구입니다. 빛 검출기에 있었던 것이 바로 이 간섭계입니다. 이 무늬를 보면 두 광선의 속도 차이를 알 수 있지요.

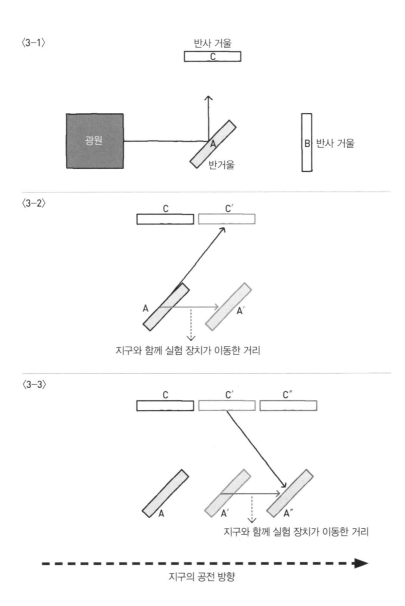

〈3-1〉

반사 거울
C

광원

반거울

A

B 반사 거울

〈3-2〉

C   C′

A

A′

지구와 함께 실험 장치가 이동한 거리

〈3-3〉

C   C′   C″

A

A′   A″

지구와 함께 실험 장치가 이동한 거리

지구의 공전 방향

〈그림3〉 광선 ❷의 경로

최신 발명품이었던 마이컬슨 간섭계까지 장착하고 두 사람은 신중하게 실험에 돌입했어요. 그 결과는? 대실패였습니다. 예상했던 간섭무늬는 눈을 씻고 봐도 찾을 수 없었습니다. 무시해도 좋을 만큼 미미한 간섭무늬밖에 나타나질 않았지요. 이 실험 결과는 무엇을 의미할까요? 그것은 바로 두 광선이 동시에 귀환했다는 뜻이었습니다. 이해할 수 없는 결과였지요. 분명히 광선 ❶이 광선 ❷보다 먼저 도착했어야 하는데 말이죠.

만일 간섭무늬가 예상에서 약간만 벗어났다면 과학자들이 별로 당황하지 않았을 겁니다. 아무리 최첨단 실험이라 해도 광속이라는 게 워낙 빠르니까요. 그런 만큼 실험 장비에 조금만 결함이 있어도 약간의 오차는 피할 수 없었을 테지요. 그런 정도의 오차라면, 이후 실험 장치를 개선해서 줄여 가면 되고요. 그런데 결과는 예상과 완전 딴판이었어요. 실험 결과는 두 빛이 동시에 귀환했다고 조용히, 그러나 강력하게 시사하고 있었습니다.

마이컬슨-몰리 실험이 어떤 것이었는지, 얼추 아시겠지요? 그런데 저는 지금까지 한 가지를 생략하고 이 실험을 설명했습니다. 바로 에테르라는 무지하게 묽은 물질입니다. 당시 과학자들은 이 물질이 우주 전체를 가득 채우고 있다고 믿었습니다. 지구도, 실험 장치도 에테르 바닷속에 잠겨 이동한다고 굳게 믿었지요.

에테르까지 고려하면 실험 상황이 약간 달라집니다. 어떻게 달라지느냐? 아까는 (반거울을 곧장 통과한) 광선 ❶이 먼저 돌아오고, (직각 방향으로 반사되어 날아간) 광선 ❷가 나중에 돌아와야 했습니다. 그렇지만 에테르 속에서는 순서가 정반대로 바뀝니다. 광선 ❷가 먼저, 광선 ❶이 나중에 돌아와야 하지요. 결과가 완전히 뒤집어져서 놀라셨나요? 너무 당황하지는 마세요. 이것 빼고는 모든 것이 똑같으니까요. 우선 이 경우에도 두 광선은 동시에 들어오지 않아야 합니다. 심지어는 두 광선의 속도 차이도 아까 계산했던 것과 똑같습니다. 다행이죠? 그런데 이제 와서 말이지만, 마이컬슨 간섭계는 이 에테르까지 고려해서 제작되었답니다.

진도를 더 나가기 전에 이 에테르에 대해 좀 소개를 해 드려야겠어요. 에테르를 알고 나면 이 실험이 훨씬 더 실감나게 느껴질 겁니다. 여러분은 가벼운 마음으로 제 얘기를 들어 주시면 됩니다. 방금 말했듯이, 에테르를 고려해도 실험의 핵심 내용에는 변함이 없으니까요.

에테르란
어떤 물질인고?

18~19세기에 서양의 과학자들은 이 세상이 물질과 에테르, 이렇게 두 가지로 구성되어 있다고 믿었습니다. 여기서 물질은 우리도 다 아는 보통 물질들을 말합니다. 문제는 에테르인데, 아마 대부분의 독자들이 처음 듣는 단어일 겁니다. 본래는 고대 그리스인들이 신비한 물질을 부르던 이름이었어요. 과학에는 그다지 어울리지 않는 단어죠. 그런데 18~19세기의 과학자들은 왜 그런 것이 있다고 주장했을까요?

당시 과학자들에 따르면 에테르는 무게도 없고 보이지도 않는 것이었어요. 냄새나 소리도 안 나고 만져지지도 않는 희한한 것이었지요. 과학자들이 연구를 해 보니 에테르는 우주 공간에 가득 차 있는 것 같았어요. 종류도 다양해서 빛 에테르, 전기 에테르, 자기 에테르, 열 에테르 등이 있었고요. 그래서 어떤 일이 벌어지느냐? 빛 에테르가 교란되면 빛이 발생하고 전기 에테르가 교란되면 전기가 발생합니다. 자기 현상이나 열 현상도 마찬가지고요. 당시 과학자들은 빛, 전기, 자기, 열 현상 등을 이런 식으로 이해하였습니다. 오늘날로 치면 에너지 비슷한 것이었다고나 할까요?

그런데 이렇게 이상한 에테르를 과학자라는 사람들이 왜 굳게 믿었느냐? 거기엔 여러 가지 이유가 있었습니다. 우선 중요한 것은 원격 조종 현상 때문이었어요. 자석을 한번 생각해 보세요. 자석은 주변의 쇳조각들을 끌어당기지 않습니까? 하지만 자석에는 끈이나 갈고리 같은 게 달려 있지 않지요. 그런데 어떻게 쇳조각들을 끌어당길 수 있을까요? 과학자들은 이런저런 추리를 해 봤어요. 그러다가 결국 이런 결론에 도달했습니다.

이 세상에는 엄청나게 묽은 액체 같은 것이 가득 차 있는 듯하다. 눈에 보이지도 않고 손으로 만져지지도 않는 신비한 흐름, 이것을 일단 에테르라 부르자. → 자석은 에테르 중에서도 주변에 있는 자기 에테르에 영향을 끼친다. 그러면 자기 에테르는 자신이 품게 된 자석의 기운을 주변의 쇳조각들에게 전달해 준다. → 쇳조각들이 이 기운에 영향을 받는다. → 그 결

과 쇳조각들이 자석 쪽으로 끌어당겨진다.

들고 보니 어떤가요? 우리가 난로 주변에서 따뜻한 온기를 느끼는 것과 비슷한 논리죠? 난로는 우리 몸을 직접 어루만져 주지 않습니다.(그랬다간 살갗이 새까맣게 타 버리게요?) 단지, 뜨거운 난로가 주변 공기를 따뜻하게 데우고 그렇게 데워진 공기가 우리 몸까지 데워 주는 것이지요. 당시 과학자들은 자석의 작용도 비슷한 이치로 이해하였습니다. 직접 쇳조각을 끌어당기는 게 아니라, 주변 에테르를 통해 쇳조각에 영향을 끼칠 거라고 생각했지요. 자석에 가까운 에테르일수록 자기(=자석의 기운)가 강하고 멀수록 약해집니다. 이처럼 자석 주변에 조성된 자기 에테르의 장을 자기장이라고 부릅니다. 자석을 이리저리 움직이면? 자기가 센 곳과 약한 곳의 위치가 변하겠지요. 이것을 자기장이 변화한다, 혹은 자기장의 세기가 변한다고 합니다.

만일 이 자기장 안에 쇠구슬이 진입하면? 쇠구슬은 자기장의 영향을 받아 자석 쪽으로 끌려갑니다. 만일 쇠구슬이 아니라 새로운 자석이 진입한다면 어떻게 될까요? 원래 있던 자기장에 새로 진입한 자석의 자기장이 겹치겠죠. 이때 두 자석이 모두 N극이거나 둘 다 S극이면? 서로 밀쳐 내지요.(척력 현상) 한쪽이 N극이고 다른 한쪽이 S극이면? 서로 끌어당깁니다.(인력 현상) 이처럼 두 자석은 직접 접촉하지 않고도 서로 밀어내거나 끌어당길 수가 있습니다. 자기장을 매개로 해서 말이죠. 자, 어떻습니까? 신비해 보이는 원격 조종 현상이 에테르 덕분에 설명되지 않았습니까? 전기의 인력과 척력 현상도 똑같은 논리로 설명할 수 있습니다. 그래서 과학자들은 이 우주가 에테르로 가득 차 있다고 믿게 되었던 것입니다. 특히, 자기장에는 에테르가 없으면 설명이 안 되는 신비한 현상이 있었습니다.

에테르의
신비한 능력

종이 위에 쇳가루를 뿌려 놓고, 그 밑에서 자석을 움직여 본 적 있으시죠? 자석을 이리저리 움직이면 어떻게 되던가요? 쇳가루가 자석의 움직임에 따라 이리저리 움직였을 겁니다. 분명히 자석은 쇳가루와 분리되어 있습니다. 종이가 확실히 둘 사이를 가로막고 있으니까요. 따라서 자석은 쇳가루를 직접 끌고 다닐 수가 없습니다. 그런데도 쇳가루는 마치 자석에 끌려다니듯이 이리저리 움직입니다. 과연 쇳가루는 어떤 능력자에게 이렇게 끌려다니는 걸까요?

우선 첫 번째 후보는 자석입니다. 자석에 과연 그런 능력이 있을까요? 자석은 우리가 아는 보통 물질들로 구성되어 있습니다. 이 물질들은 종이에 부딪칠 뿐, 통과할 수는 없겠지요. 이리하여 자석은 가볍게 탈락!

두 번째 후보는 자기장입니다. 자석 주변에는 늘 자기장이 조성되지요. 그래서 좀 떨어져 있는 쇳가루도 자석 쪽으로 끌려가는 것이고요. 종이 위의 쇳가루는 어떻습니까? 역시나 자기장에 영향을 받아 물결무늬를 그리며 배열됩니다. 자석은 종이에 가로막히지만, 자기장은 쉽게 통과해 종이 너머의 쇳가루에까지 마수를 뻗치는 겁니다. 종이만이 아니라 플라스틱 책받침도 가볍게 통과하지요.

만일 자기장이 보통 물질들로 이루어져 있다면 이런 능력을 가질 수가 없을 겁니다. 보통 물질인 종이나 플라스틱에 부딪치고 말 테니까요. 그러므로 자기장은 보통 물질과는 다른, 대단히 신비한 물질로 이루어져 있어야 했습니다. 너무나 묽어서 책받침 정도는 가볍게 새어 나갈 수 있는 물질. 그러면서 물결처럼 흐르는 신비한 에너지 같은 것. 에테르는 바로 그런 것이어야 했지요. 과학자들은 이 신비한 흐름에 일단 에테르라는 이름을 붙여 주었습니다. 이 에테르야말로 쇳가루를 이리저리 끌고 다니는 능력자였던 것입니다.

막대 자석 주위의 자기장

대부분의 과학자들은 에테르가 있다고 굳게 믿었습니다. 자기 에테르에 영향을 받아 쇳가루가 그려 보이는 물결무늬는 누가 봐도 확연했으니까요. 그렇지만 자기 에테르를 직접 볼 수는 없으니 답답한 노릇이었지요. 그래서 과학자들은 여러 가지로 간접적인 연구들을 해 보았습니다. 그 결과들을 곰곰이 해석해 보니 에테르는 정말로 너무나도 묽고 희박한 것들이었습니다. 직접 보거나 만질 수 없는 것도 당연했지요. 또한 우주 전체에 걸쳐 고요히 정지해 있는 것 같았어요. 그러니 더더욱 정체를 알아내기가 힘들었지요. 보이지도 않고 움직이지도 않으니, 어떤 측정 장치로도 직접 검출할 수 없었죠.

보이지도 않는 것을
어떻게 믿어?

과학자들은 직접 경험할 수 있는 사실들을 중시합니다. 보이지도 않고 접촉할 수도 없는 신비한 물질이나 원리 따위는 좀처럼 인정하지 않지요. 하지만 그들은 정반대의 확신도 갖고 있습니다. 직접 경험할 수 있는 것만이 전부가 아니라는 것을 잘 알고 있지요. 만일 이 두 번째 확신이 없었다면 과학은 오늘날처럼 발전하지 못했을 겁니다.

중력부터가 그렇죠. 이 힘은 눈에 보이지도 않고 만져 볼 수도 없지 않습니까? 그렇지만 과학자들 중 이 힘을 의심하는 사람은 아무도 없지요. 수많은 간접 증거들이 중력의 존재를 확신시켜 주니까요.

블랙홀은 또 어떻습니까? 이 역시 아직까지 한 번도 관측된 적이 없습니다. 원리상으로도 직접 관측이 불가능한 것이지요. 원래 블랙홀은 아인슈타인의 일반 상대성 이론에 의해 처음 예견된 것이었어요. 초기엔 그런 것이 실제로 있을 거라고는 생각지 못했대요. 그저 이론상의 존재에 불과했던 것이지요. 하지만 오늘날 블랙홀을 믿지 않는 물리학자는 거의 없습니다. 왜? 블랙홀이 존재한다는 간접 증거들이 차고 넘칠 정도로 많기 때문이죠. 블랙홀은 셀 수도 없이 많습니다. 태양보다 10억 배나 무거운 블랙홀도 비일비재하지요. 당장 우리가 살고 있는 이 은하계에도 있습니다. 태양보다 300만~400만 배나 무거운 블랙홀이 우리 은하계의 중심에 떡하니 버티고 있대요. 또 피닉스 성단의 중심에 있는 블랙홀은 태양보다 200억 배나 무겁다고 하지요. 과학자들은 이런 블랙홀을 초거대 블랙홀이라고 부른답니다.

원자도 마찬가지예요. 너무 작아서 관측할 수가 없지요. 앞으로도 영원히 볼 수가 없답니다. 아무리 초정밀 현미경이 등장하더라도 말이죠. 그렇다고 해서 원자의 존재를 의심하는 과학자가 있던가요? 의심하기는커녕 없어선 안 된다고 철석같이 믿지요. 원자 없이는 설명할 수 없는 현상이 너무나 많으니까요. 비슷한 이치로, 원자 안에서 운동하는 원자핵이나 전자 들도 확실히 존재한다고 믿습니다. 원자핵을 구성하는 온갖 쿼크들도 그렇고요. 참고로 이들은 원자보다도 몇만 배, 몇십만 배 이상 더 작답니다.

과학자들은 여러 현상들을 관찰하여 그 배후에 어떤 힘이나 법칙이 있다고 추정합니다. 혹은 실험으로 직접 검출할 수 없는 물질이나 에너지를 가정하기도 하지요. 이것을 가설이라고 합니다. 그리고 실험을 통해 그 가설을 꼼꼼히 확인해 봅니다. 가설이 합리적이고 실험이 그 가설을 검증해 주면, 과학자들은 확신을 갖게 됩니다. 그런 힘이나 법칙, 물질이나 에너지가 틀림없이 존재한다고.

현대의 첨단 물리학에도 이와 비슷한 것들이 등장합니다. 바로 다크 에너지와 다크 매터라는 것인데요, 우리말로는 암흑 에너지와 암흑 물질이라고 하죠. 왜 암흑이냐? 색이 새카매서? 아닙니다. 그것을 직접 확인할 방법이 없기 때문입니다. 그 어떤 측정 장치로도 직접 검출할 수가 없지요. 그러니까 '암흑'이란 우리가 깜깜할 정도로 아무것도 모른다는 뜻입니다.

지금까지의 연구에 따르면 우주의 24%는 암흑 물질로 되어 있습니다. 그렇게 많은데도 직접 관측되지는 않는 희한한 물질이지요. 심지어 전파, 적외선, 가시광선, 자외선, 엑스선, 감마선 등과 같은 전자기파로도 확인할 수가 없습니다. 그러나 다양한 중력 현상에 비추어 볼 때 그런 물질은 반드시 있어야만 합니다. 이런 암흑 물질이 우주 전체의 24%나 차지한다니! 하지만 놀라긴 아직 이릅니다. 암흑 에너지 쪽은 상황이 더 심각하거든요.

암흑 에너지는 만유인력과 정반대되는 힘입니다. 우주 전체를 가속 팽창시키는 에너지죠. 우주 전체의 72%나 차지한답니다. 그럼에도 불구하고 역시나 직접적으로는 확인이 전혀 안 됩니다. 그러니까 '암흑' 에너지죠. 그러면 이런 에너지가 있다는 것을 어떻게 확신할까요? 우선, 이런 에너지가 없다고 해 봅시다. 만일 그렇다면 우주 전체가 어떻게 될지 잠시 생각해 보세요. 우주의 모든 물체들은 만유인력 때문에 계속 서로를 끌어당길 겁니다. 우주 전체의 크기가 점차 줄어들겠지요. 물체들이 가까워질수록 인력은 점점 더 세지고요. 결국 언젠가는 모든 물체들이 한 점으로 뭉쳐지면서 폭발해 버릴 겁니다.

무시무시하다고요? 하지만 너무 걱정하지 마세요. 현대 천문학은 그와 사뭇 다른 전망을 보여 주고 있으니까요. 혹시 들어 보신 적이 있나요? 우주가 팽창 중이라는 사실을? 이 사실은 이미 20세기 초에 확인된 바 있습니다. 현재는 더 경이로운 사실까지 밝혀져 있지요. 우주는 그냥 팽창 중인 게 아니라 점점 더 빨리 팽창하고 있다는 사실! 한마디로 우주는 가속 팽창 중인 겁니다. 믿기 힘들겠지만, 정밀 관측을 통해 얻은 각종 데이터들은 분명히 그렇게 말하고 있답니다. 우주 전체가 가속 팽창하고 있다? 과연 이런 일이 어떻게 가능할까요? 현재 과학자들은 대부분 이렇게 대답하고 있습니다. 우주 전체에 만유인력과는 반대의 힘이 작동하고 있다고. 인력처럼 끌어당기는 게 아니라 만물을 서로 밀쳐 내는 강력한 척력이 있다는 겁니다. 그런데 그냥 팽창도 아니고 가속 팽창을 하지 않습니까? 그렇다면 이 힘은 우주가 팽창할수록 점점 더 세져야 합니다. 은하들의 거리가 멀어질수록 더 세지는 힘이라니! 대체 그런 힘이 어떻게 있을 수 있을까요? 신비하기 그지없는, 너무나 불가사의한 힘입니다. 아직까지 어떤 방법으로도 직접 확인되지 않은 힘이고요. 그러나 우주는 분명 가속 팽창 중입니다. 따라서 그런 힘은 분명히 있어야 하지요. 그래서 과학자들은 그 힘에 일단 '암흑 에너지'라는 이름을 붙여 놓았습니다. 그런 전제 하에서 정밀한 연구를 계속하고 있는 중이랍니다.

암흑 물질과 암흑 에너지를 합하면 96%라는 사실! 이 말은 우주 전체의 96%를 현대 물리학으로는 설명할 수 없다는 뜻입니다. 반대로 말하면, 현대 물리학의 법칙과 지식으로는 우주 전체의 4%밖에 설명하지 못한다는 겁니다. 정체를 알 수 없는 어두운 물질과 어두운 에너지가 우주 대부분을 지배하고 있다니, 우리가 사는 이 우주가 그런 곳이라니, 좀 으스스하지 않나요? 거대 블랙홀들도 셀 수 없이 많다는데, 거기에 초거대 암흑 물질과 초초거대 암흑 에너지까지! 완전히 '다크 유니버스' 아닙니까? 아, 우리 우주에는 왜 이렇게 컴컴한 놈들이 많은 걸까요?

하지만 이런 상황이 꼭 어두운 것만은 아닙니다. 자신이 무엇을 모르는지 아는 것, 그 또한 소중한 앎이 아니겠어요? 소크라테스도 이렇게 말했습니다. "너 자신을 알라!" 자기 자신이 무지한 존재임을 철저히 자각하라는 말씀이었지요. 천문학 덕분에 우리는 스스로의 무지함을 자각하게 되었습니다. 게다가 얼마나 모르는지까지 치밀하게 추정하고 있지요. 무지에 대한 겸손한 앎이야말로 더 나은 미래를 위한 출발점일 것입니다.

에테르 태풍과
빛의 속도

다시 에테르 얘기로 돌아가 볼까요? 아까도 말했듯이 18~19세기의 과학자들은 에테르가 있다고 믿었습니다. 다양한 연구를 거쳐 그런 물질 혹은 에너지가 있으리라 확신했지요. 현대의 과학자들이 원자나 블랙홀, 암흑 물질과 암흑 에너지 같은 것이 있다고 확신하는 것처럼요. 당시 과학자들은 다양한 에테르들(전기, 자기, 빛, 열 에테르)을 심도 있게 연구하였습니다. 그 결과 에테르가 우주 전체에 걸쳐 고요히 정지해 있다는 결론을 내렸지요. 이것은 상당히 중요한 결론이었습니다. 왜? 이로부터 광속을 정확하게 측정할 수 있는 새롭고 획기적인 아이디어가 떠올랐거든요.

지구는 태양 주위를 공전 중이지 않습니까? 그러면? 지구가 이동하는 방향과 반대 방향으로 에테르 바람이 불겠지요. 바람 한 점 없는 날에도, 자전거를 타고 달리면 뒤쪽으로 바람이 부는 것처럼요.

자전거는 보통 시속 20km 정도의 속도로 달립니다. 한편 지구는 (시속이 아니라) 초속 30km로 이동하지요. 시속으로는 10만 8000km의 엄청난 속도입니다. 따라서 지구의 공전 방향과 반대 방향으로 에테르 바람이 불어야 합니다. 자전거 탈 때 부는 바람보다 5400배나 빠른 에테르 태풍이 불어야 하는 거예요. 그런데 이상하지 않습니까? 왜 우리 지구인들은 그런 에테르 태풍을 전혀 느끼지 못할까요? 그런 의문에 대해 과학자들은 이렇게 대답하였습니다. "하하하! 당연합니다. 에테르는 보통 물질들과는 상호 작용을 하지 않거든요. 보거나 만질 수 없는 것도 그 때문이지요. 그러니 피부나 옷자락에 어떤 영향을 끼칠 수 있겠습니까?"

마이컬슨-몰리 실험은 에테르에 대한 이런 지식을 바탕으로 수행되었습니다. 만일 빛을 지구가 이동하는 방향으로 발사하면? 빛의 속도가 꽤나 느려질 겁니다. 왜? 지구에는 공전 방향과 반대쪽으

에테르 바다를 헤엄치는 지구

로 에테르 태풍이 부니까요. 물론 우리 인간들은 이 태풍을 조금도 느끼지 못합니다. 우리만이 아니라 이 세상 모든 물체는 이 태풍의 영향을 받지 않지요. 에테르는 보통 물질들과는 상호 작용을 하지 않으니까요. 그러면 빛은? 당연히 이 태풍의 영향을 받습니다. 빛은 시속 10만 8000km의 에테르 역풍을 헤치며 힘겹게 전진하는 겁니다. 그러니 속도가 느려질 수밖에요. 그럼 공전 방향과 반대 방향으로 발사하면? 엄청 빨라지겠지요. 빛은 에테르 순풍을 타고 질주할 테니까요. 그럼 지구의 진행 방향과 직각 방향으로 빛을 발사하면? 음……. 그건 좀 복잡합니다. 하지만 당대 최고의 두 과학자에게는 별로 어려운 문제도 아니었어요. 아까도 말했지만, 지구의 공전 속도와 빛의 속도를 고려해서 어렵잖게 계산해 냈지요. 마이컬슨과 몰리의 계산 결과는 이랬습니다.

지구의 공전 방향으로 발사된 빛(광선 ❶)은 직각으로 발사된 빛(광선 ❷)보다 1억분의 1m 정도 더 비행해야 한다. 따라서 광선 ❷가 먼저 출발점에 돌아오고 그 직후에 광선 ❶이 돌아올 것이다.

에테르 얘기까지 듣고 나니 어떠세요? 마이컬슨-몰리 실험이 좀 더 실감나게 느껴지지 않나요? 물론 이 두 과학자는 실험에 실패했습니다. 실험 장치는 두 광선이 동시에 귀환한다는 사실만을 반복해서 보여 주었지요. 두 광선의 속도 차이가 너무 미미해서 그랬을지도 모른다고요? 하지만 마이컬슨 간섭계는 그런 차이쯤은 검출하고도 남을 정도로 정교했답니다.

역대급
정밀 실험

우선, 이들의 실험 장치는 극도로 민감했어요. 아주 미미한 차이까지 감지해야 했으니까요. 100m 전방에서 사람이 걸어가기만 해도 그 진동을 감지해 낼 수 있었죠. 그것도 모자라서 나중에는 실험 장치를 지하실로 옮겼대요. 혹시라도 생길지 모를 작은 교란까지 최대한 차단하기 위해서였지요. 이럴 정도였으니 모든 부품을 조심스레 정렬했다든가, 수평을 맞추고 세심하게 다듬었다든가 하는 따위는 구구절절 늘어놓을 필요도 없겠죠?

그들은 실험의 신빙성을 높이기 위해 마이컬슨 간섭계를 석판 위에 올려 놓았어요.(55쪽을 다시 보세요.) 이 석판 밑에는 나무판이 있고, 이 나무판은 수은을 가득 담은 탱크 위에 떠 있었어요. 왜 수은 용액 위에 띄웠냐면요, 실험 장치를 부드럽게 회전시키기 위해서였어요. 왜 회전시켰냐고요? 처음엔 광선 ❶은 지구의 공전 방향으로, 광선 ❷는 그와 직각 방향으로 날아가게 했어요. 여러 번 실험을 반복해도 두 광선은 동시에 돌아올 뿐이었죠. 그들은 실험 장치의 각도를 조금 틀어 보았어요. 역시나 실험 결과는 마찬가지였지요. 다음에는 각도를 좀 더 틀고서 실험을 해 보고, 안 되면 또 좀 더 틀어 보고……. 이렇게 총 16번이나 각도를 바꿔 가며 실험을 해 보았답니다. 그래도 예상한 결과가 나오지 않자, 그들은 아예 실험 장치를 회전시켜 보기도 했습니다. 실험 장치를 수은 용액에 띄웠던 것은 이 장치를 최대한 빠르고 매끄럽게 회전시키기 위한 것이었죠. 역시나 모두 실패했지만요.

혹시나 싶어 실험을 낮 12시에도 해 보고, 또 오후 6시에도 해 보았습니다. 지구와 태양의 각도에 따라 미묘한 차이가 생길지도 모를 일이니까요. 비슷한 이유로, 같은 실험을 3개월마다 반복해 보았습니다. 고도를 낮춰 보기도 하고 높여 보기도 했습니다. 그러나 실험 결과는 언제나 같았습니다. 간섭계에는 예상했던 간섭무늬가 전혀 나타나지 않았습니다. 빛은 어떤 방향으로 발사되든 속도가 같았던 것입니다.

마이컬슨과 몰리는 몇 년에 걸쳐 협동 연구를 하였습니다. 하지만 그들이 얻은 건 이해할 수 없는 결과뿐이었어요. "광속에 차이 없음! 광속 불변!" 결국 그들은 실험을 중단합니다. 계속 똑같은 결과만 나오니 도리가 없었죠. 그렇다고 그토록 정교한 실험 결과들을 모두 쓰레기통에 버릴 수는 없었습니다. 두 사람은 1887년에 일단 자신들의 실험 결과를 정리해 학계에 발표하였습니다. 마이컬슨과 몰리만이 아니었습니다. 이런 식으로 실패한 실험들이 공식 보고된 것만 13가지나 되었답니다. 수십, 수백 명의 과학자들이 처참한 실패만을 맛보았던 것입니다.

그렇지만 과학자들이 어떤 사람들입니까? 웬만해선 포기를 모르는 사람들 아닙니까! 쉽게 좌절하지도 않고요. 이토록 난감한 상황 속에서도 그들은 새로운 돌파구를 다양하게 탐색하였습니다. 그런 그들 앞에는 몇 가지 출구가 열려 있었어요. 그중 첫 번째 출구는 가장 과학자다운 것이었지요.

수용 불가파:
실험을 더 정교하게!

어떤 정교한 실험을 해도 광속에는 차이가 없었습니다. 그런데도 많은 과학자들은 그 결과를 수용하지 않았지요. 이들이 바로 수용 불가파였어요. 그 대표자가 바로 마이컬슨과 몰리였고요. 수백, 수천 번의 실험 결과를 받아들이지 않다니! 참으로 보기 드문 상황이었지요. 어쩌면 여러분은 당시 과학자들이 고집불통 같다고 느낄지도 모르겠습니다. 실제로 오늘날 많은 책들이 당시 과학자들을 그렇게 폄하하곤 하지요. 하지만 내막을 들여다보면 그런 평가는 진실과 거리가 멉니다. 당대의 과학자들은 실험 결과를 받아들이기 싫어서 그랬던 게 아닙니다. 그들에게는 그들 나름대로의 사정이 있었답니다.

첫째, 광속이 불변이라는 현상을 이해할 방법이 없었습니다. 어떤 상태에서 관측을 해도 똑같은 속도로 측정된다? 그것은 불가능합니다. '속도는 상대적이다.'라는 상대성 원리에 정면으로 위배되니까요. 상식과도 전혀 맞지 않죠. 자동차든, 사람이든, 달이나 태양이든 이 세상 그 무엇도 그럴 수는 없으니까요. 여러분도 그런 일은 들어 본 적이 없을 거예요.

둘째, 만일 실험 결과를 그대로 받아들이면 사태는 더 심각해지기 때문이었습니다. 만일 실험 결과가 정말 맞는 것이라면, 그것은 곧 지구가 정지해 있다는 얘기가 됩니다. 실제로 실험 결과는 지구가 정지 상태일 때랑 똑같았지요. 빛을 어느 방향으로 발사해도 빛의 속도에 차이가 없었으니까요. 그런데 지구가…… 정지해 있다고? 그렇다면 지동설이 틀리고 천동설이 맞다는 건데, 그럼 지구가 자전과 공전을 한다는 천문학의 수많은 증거들은 어떻게 되는 걸까요?

이밖에도 여러 가지 이유 때문에, 실험 결과를 그냥 수용하는 건 거의 불가능했습니다. 그렇다고 그 정밀한 실험들을 깡그리 부정할 수도 없었지요. 한마디로 진퇴양난의 상황이었습니다. 그래서? 그들은 상식적이고 과학적인 결정을 내렸습니다. 광속은 너무 빠르다, 그에 비해 방향에 따른 광속의 차이는 너무 미미하다, 그런 탓에 아직 그 차이를 잡아내지 못한 것뿐이다, 이렇게 생각했던 겁니다. 물론 이런 가능성은 처음부터 생각했었죠. 그리고 그런 것까지 다 감안해서 실험을 정교하게 수행했고요. 하지만 계속 실패만 하다 보니 그런 의심까지 품게 된 것입니다. 실험이 실패한 게 정말로 광속이 너무 빠르기 때문이라면? 그렇다면 과학자들의 임무는 분명합니다. 더 정교하고 치밀한 실험을 고안할 것! 그리고 조건을 다양하게 변화시켜 가면서 계속 실험할 것! 과학자들은 이런 노선에 따라 실험하고 또 실험했습니다. 수많은 사람들의 피와 땀과 돈이 계속 퍼부어졌지요. 이것이 첫 번째 출구였습니다.

수용파 1:
빛은 예외야!

모든 과학자가 수용 불가파는 아니었습니다. 실험 결과를 수용한 과학자들도 있었지요. 이들은 광속 불변이라는 실험 결과를 받아들였어요. 그럼 상대성 원리는? 그것도 옳다고 생각했어요. 좀 이상하죠? 빛의 속도는 불변이라면서 또 물체의 속도는 상대적이라니, 이건 완전 모순이 아닙니까? 맞아요. 이 두 가지는 정면으로 모순됩니다. 그런데 두 가지를 동시에 받아들이는 것이 어떻게 가능했을까요? 그들은 빛을 예외라고 생각했던 겁니다. 빛만이 상대성 원리의 예외라는 논리였어요. 이것이 두 번째 출구였습니다.

왠지 미심쩍지만 어쨌든 말은 되었습니다. 자연 법칙에 예외가 있을 수도 있으니까요. 그런데 빛만이 예외라고? 만일 그렇다면 왜 빛만이 예외여야 하는지, 과학적인 근거를 대야 합니다. 하지만 그런 근거는 없었어요. 다만, 실험 결과가 하도 이해가 안 되다 보니 그런 생각까지 했던 것이에요. 아인슈타인은 이 출구를 선택하지 않았습니다. 빛 예외설은 문제를 해결한 게 아니라, 문제를 무시해 버린 꼴이었으니까요.

수용파 2:
길이 수축설과 시간 지연설

세 번째 출구는 당대 최고의 과학자 중 한 명인 로런츠가 1892년에 제시한 가설입니다. 이 가설에 따르면, 물체가 움직일 경우 길이가 '엄청 조금' 짧아집니다. 단, 이동하는 방향과 반대 방향으로만 짧아집니다. 다소 기이한 논리지만, 잠시 로런츠의 이야기를 들어 볼까요?

물체가 이동하면 길이가 '엄청 조금' 짧아지는 듯하다. 아마도 이동하면, 물체를 구성하는 분자들에 모종의 변화가 발생하기 때문일 것이다. 어느 쪽으로? 이동하는 방향과 반대 방향으로! 바로 이런 이유로 광속 실험 장치도 길이가 수축될 것이다. 실험 장치는 지구에 실려 고속으로 이동 중이니까.

물체가 이동하면 물체의 분자들에 모종의 변화가 발생한다고? 그래서 실험 장치의 길이가 줄어든다고? 선뜻 믿어 주기 힘든 얘기입니다. 하지만 일단 그렇다고 치죠. 그렇다고 해서 달라질 게 뭐가 있을까요? 달라지는 게 있습니다. 실험 장치에는 긴 막대가 두 개 달려 있지 않았습니까? 끝에 반사 거울이 하나씩 달려 있던 그 막대, 기억하시죠? 그중 한 막대의 길이가 짧아져 버린답니다.

물체는 이동하는 방향과 반대 방향으로 짧아진다고 했죠? 그렇기 때문에 막대 ❶은 길이가 수축됩니다.(82쪽의 그림을 보세요. 에테르 태풍에 밀려 막대 ❶의 길이가 짧아진 것, 보이시나요?) 그렇게 되면 광선 ❶이 달려야 하는 거리는? 당연히 줄어들겠지요. 한편 막대 ❷는 막대의 폭이 짧아집니다. 길이는? 그대로지요. 길이가 그대로니까, 광선 ❷가 달려야 하는 거리에는 변화가 없습니다.

원래는 어땠습니까? 지구가 에테르 속에서 공전 중이기 때문에, 광선 ❷가 먼저, 광선 ❶이 나중에 들어와야 했죠. 왜? 에테르 태풍 탓에 광선 ❶의 속도가 '엄청 조금' 느려지기 때문이었죠. 그런데 로런츠 가설을 도입하면 결과가 달라집니다. 광선 ❶이 가야 하는 거리가 '엄청 조금' 줄어듭니다. 왜? 막대 ❶의 길이가 '엄청 조금' 짧아지기 때문이지요. 그럼 결국 어떻게 될까요? 광선 ❶은 속도가 줄어든 만큼 가야 하는 거리가 짧아집니다. 한마디로 느려진 속도를 상쇄할 만큼 막대의 길이가 짧아지는 것이죠. 그 결과, 광선 ❶과 광선 ❷는 동시에 출발점으로 돌아옵니다. 이것이 로런츠의 길이 수축설이었어요.

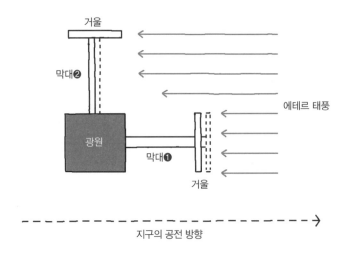

로런츠의 가설에 따른 그림

들어 보니 어떠세요? 말도 안 된다고는 할 수 없겠지요. 그렇지만 믿을 만한 이론 같은가요? 과히 그렇지가 못할 겁니다. 속도는 '엄청 조금'만 느려진다고 하니 그것을 측정할 수 있는 시계가 없었죠. 또 실험 장치의 막대도 '엄청 조금'만 짧아진다고 하니 그 미미한 차이를 측정할 수 있는 자도 없었습니다. 게다가 이 두 가지 '엄청 작은' 변화가 정확히 상쇄된다니, 그래서 두 광선이 정확히 동시에 출발점으로 돌아온다니!

심지어 로런츠는 시간 지연설이라는 것까지 주장하였습니다. 길이 수축만으로는 정확한 방정식이 유도되지 않았거든요. 그래서 물체가 이동을 하면 시간이 느려진다는 가설까지 만들어 내게 된 겁니다. 길이 수축설도 믿을까 말까 한데, 시간마저 느려진다고? 세상에 그런 일이! 당시에도 이 이론에 대한 비판이 사방에서 쏟아졌습니다. "그게 과학 이론이냐?" "이론이 아니라 그냥 실험 결과에 꿰어 맞춘 거잖아?" 등등. 왜 이런 기묘한 이론을 제시해야 했는지, 이해는 갑니다. 불가능해 보이는 실험 결과를 설명하려다 보니 그런 지경이 되어 버린 것이죠. 아인슈타인은 이 기묘한 이론을 흔쾌히 받아들일 수가 없었습니다.

그런데요, 놀랍게도 이렇게 해서 만들어진 로런츠의 방정식이 기막히게 들어맞았습니다. 광학, 전기학, 자기학 분야 모두에서요. 이론은 황당한데 자연 현상에는 너무나 잘 들어맞는다? 그러니 당시 과학자들이 어땠겠습니까? 로런츠의 이론을 선뜻 믿을 수도 없고, 그렇다고 해서 확실히 틀렸다고 할 수도 없었지요. 이럴 수도 없고

저럴 수도 없는 난감한 상황이었어요.

　이 이야기를 마치기 전에 잠시 귀띔해 드릴 게 있습니다. 첫째는 로런츠의 방정식이 대단히 기괴하게 생겼다는 사실입니다. 이론 자체가 황당하니 방정식도 그럴 수밖에요. 그 이론에 그 방정식이었죠. 두 번째는 그런 기괴한 방정식이 오늘날에도 쓰이고 있다는 사실입니다. 조금 아까도 얘기했죠, 광학, 전기학, 자기학 분야에 모두 잘 들어맞았다고요? 비록 기괴하게 생겼지만, 결국 올바른 과학 방정식임이 증명되기까지 했답니다.

그 뒤 마이컬슨과 몰리는?

마이컬슨은 그 뒤에도 유사한 실험을 계속 시도했다. 그 와중인 1907년에는 광학 분야의 연구 업적으로 노벨상도 받았다. 이미 최고의 과학자 반열에 올랐던 마이컬슨, 하지만 그는 실험을 멈출 수가 없었다. 광속 불변이라는 실험 결과를 도저히 받아들일 수 없었기 때문이다. 그의 마지막 실험은 죽기 2년 전인 1929년에 있었다. 당시 그의 나이는 77세였다. 한편, 몰리도 새로운 동료(밀러)를 맞아들여 더욱 개선된 실험을 시도하였다. 처음엔 간섭계의 막대를 나무로 제작했지만, 나중에는 강철로도 만들어 보았다. 막대의 재질에 따라 결과가 달라지지 않을까 해서였다. 그러나 결과는 여전히 '광속 불변'이었다.

과학자들은
고집불통?

　당시의 과학자들은 좀 이상해 보입니다. 우선, 수용 불가파부터

가 그렇지요. 왜 그들은 '광속 불변'이라는 실험 결과를 끝내 부정했을까요? 수많은 정밀 실험들이 일제히 '광속 불변'이라고 외치고 있었는데 말이죠. 정말로 고집불통이어서 그랬을까요? 조금 아까도 보았듯이, 그런 것만은 아니었습니다. 그들은 우선, 지동설이라고 하는 과학적 상식을 믿었습니다. 속도는 상대적이라는 상대성 원리 또한 확신했지요. 지동설과 상대성 원리가 옳다면, 광속은 발사 방향에 따라 달라야만 했습니다. 그런데도 실험 결과는 언제나 '광속 불변'이라고만 나왔지요. 이럴 경우, 여러분 같으면 어떻게 하시겠습니까? 고분고분하게 실험 결과를 수용하면서 지동설과 상대성 원리를 저버리겠습니까? 아니면 지동설과 상대성 원리를 계속 확신하면서 새로운 실험을 시도하겠습니까? 우리도 알다시피 그들은 후자의 길을 따랐습니다. 고집불통이어서가 아니라, 지동설과 상대성 원리를 믿었기 때문입니다.

당시 광속 측정값은 하루가 다르게 정밀도가 향상되고 있었어요. 발사 방향에 따른 광속의 차이를 측정하는 실험도 점점 더 정교해졌고요. 비록 쉬운 상황은 아니었지만, 이대로 계속 전진한다면 광속의 미미한 차이도 곧 드러날 것만 같았지요. 과학사에는 이런 불굴의 노력 끝에 마침내 목표를 쟁취한 선례들이 숱하게 많았으니까요. 이들은 과학의 정신에 그 나름대로 충실한 과학자들이었습니다.

둘째, 빛 예외설을 주장했던 과학자들도 비슷했습니다. 그들 역시 지동설과 상대성 원리를 확신했지요. 수용 불가파와 달랐던 점은, '광속 불변'이라는 실험 결과를 수용했다는 점이지요. 그 결과 상대성 원리는 옳지만 빛만은 거기서 예외일 것이다, 이렇게 주장했지요. 그들은 지동설과 상대성 원리라는 과학적 상식을 저버리느니, 차라리 빛 예외설을 택한 것입니다.

그러나 문제가 있었지요. 확실한 과학적 근거가 없다는 문제 말이에요. 물론 이 약점에 대해 몇 가지 변명 비슷한 것은 있었습니다. 첫째, 예외 없는 법칙은 없다. 상대성 원리에도 예외가 없으리라는 법이 어디 있느냐?(좀 궁색해 보이죠?) 둘째, 에테르가 얼마나 신비하고 특이한 것들이냐, 그런데 빛이 그런 에테르 속을 질주하지 않는가? 그런 탓에 상대성 원리에 어긋나는 현상도 나타나는 것이다. 셋째, 전자기학 분야를 생각해 보라. 거기서도 이미 상대성 원리의 예외가 발견되지 않았느냐? 그러니 빛 분야에서도 그러지 말라는 법이 어디 있느냐? 대략 이런 것들이었지요. 하지만 이런 소소한 항변들을 제외하면 빛이 예외여야 하는 확실한 과학적 근거는 없었습니다.

마지막으로 로런츠 역시 지동설과 상대성 원리를 믿었습니다. 그럼 왜 실험 결과가 이상하게 나오느냐? 그건 물체의 길이가 수축되고 시간이 지연되기 때문일 것이다. 물론 이 가설은 로런츠 자신이 생각하기에도 부자연스럽게 보였습니다. 하지만 일단 이 가설을 받아들인다면 상대성 원리를 저버리지 않아도 됩니다. 게다가 그의 방정식은 광학만이 아니라 전기학, 자기학 분야에서도 경이로울 정도로 잘 들어맞았습니다. 수많은 실험 결과들과 기가 막히게 일치했지요. 만일 그의 이론이 엉터리라면, 어떻게 자연 현상과 이토록 정확히 들어맞는단 말인가! 다만 물체의 길이가 왜 수축되는지, 게다가 시간은 또 왜 느려지는지, 그것만은 도무지 설명할 수가 없었습니다.

처음엔 여러분도 당시 과학자들이 고집불통처럼 보였을 겁니다. 경솔하게 예외설을 남발하거나 기이한 가설에 집착하는 사람들처럼 보이기도 했을 거고요. 하지만 이렇게 자세히 얘기를 들어 보니 어떠세요? 그들 나름대로 과학자의 자세에 충실했다는 것이 느껴지지 않나요? 그들은 이해할 수 없는 실험 결과 앞에서도 과학자이기를 포기하지 않았습니다. 지동설과 상대성 원리라는 과학적 상식을 함부로 저버리지 않기 위해 최선을 다했지요.

모두 다
틀렸어!

그런데 아인슈타인은 달랐습니다. 당시의 세 가지 출구에 모두 반대했지요. 왜 그랬을까요? 수용 불가파가 실험 결과들을 수용하지 않아서? 그런 면도 있었습니다. 그럼 빛 예외설은? 확실한 과학적인 근거가 없어서 거부했던 걸까요? 길이 수축설과 시간 지연설에 대해서는? 합리적 논리 없이 실험 결과에만 꿰어 맞춘 이론이라서? 네, 그런 것을 포함해서 여러 가지 이유가 있었지요. 하지만 가장 결정적인 이유는 다른 데 있었습니다. 아인슈타인이 보기에 당시 과학자들은 상대성 원리를 무시하고 있었습니다.

어, 이게 무슨 소리지? 당시 과학자들이 상대성 원리를 확신했다며? 그러다 보니 다소 무리한 가설까지 주장하게 되었다며? 그런 그들이 상대성 원리를 무시했다니, 대체 이게 무슨 소리일까요? 아인슈타인은 그들이 상대성 원리를 지키려고 노력했다는 사실을 모르지 않았어요. 문제는 그들이 쉬운 버전의 상대성 원리에만 치중했다는 것이었습니다. 나머지 반쪽 즉, 심오한 상대성 원리는 철저히 망각하고 말았지요. 아인슈타인은 광속 비행을 상상하면서 바로 이 점을 깨달았습니다.

당시 과학자들은 쉬운 상대성 원리에 충실했습니다. 그럴 경우, 광속은 발사 방향에 따라 달라야 했지요. 지구가 태양을 중심으로 고속 이동 중이니 당연하지 않겠습니까? 같은 이치로 광속은 관측자마다 다르게 측정되어야 했습니다. 가령 초속 100km로 빛을 추적하면서 측정하면 광속은 초속 29만 9900km여야 하지요. 초속 10만km라는 엄청난 속도로 추적하면? 광속은 초속 20만km로 나올 겁니다. 초속 20만km로 추적하면서 재면? 초속 10만km로 측정되겠죠. 그럼 관측자가 초속 30만km의 속도로 빛을 추적하면? 그럴 경우 광속은 얼마로 측정될까요? 당연히 초속 0km, 즉 정지 중이라고 관측되어야 합니다. 이것이 바로 아인슈타인이 상상한 상황이었습니다. 그 상상 실험, 아직 기억하시죠?

내가 광속으로 이동하면서 거울을 보면 어떤 일이 생길까요? 쉽죠. 나의 이동 속도와 내 얼굴에 반사된 빛의 속도는 똑같이 초속 30만km입니다. 그래서 빛은 내 얼굴에서 벗어날 수가 없습니다. 빛은 내 앞의 거울 쪽으로 한 치도 전진할 수가 없지요. 그 결과 거울에 내 모습이 비치지 않게 됩니다. 이게 어떻게 된 겁니까? 나는 분명히 광속으로 곧장 이동 중입니다. 등속 직선 운동 중이지요. 그렇다면 나는 정지 상태와 똑같은 체험을 해야만 합니다.(이것이 심오한 상대성 원리죠.) 그런데 지금은 어떻습니까? 거울에 내 모습이 비치지 않는, 호러 영화 같은 체험을 하게 되었지요. 정상적인 정지 상태와는 전혀 다른 체험입니다. 이 결과는 심오한 상대성 원리와 완전히 모순됩니다. 그래서 아인슈타인은 이렇게 외쳤죠. "그래선 안 돼!"

그래선 안 된다면, 그럼 어떻게 해야 좋을까요? 쉽습니다. 거울에 내 모습이 비치면 되죠. 그것도 평소 정지 상태일 때와 똑같이 거울을 보자마자 비쳐야 합니다. 그러려면 빛이 나로부터 초속 30만km로 거울을 향해 질주해야 합니다.

따라서 초속 30만km로 비행하는 관측자에게도 빛은 1초에 30만km씩 멀어져야 합니다. 광속 비행자에게도 빛의 속도는 초속 30만km여야 하는 것이죠. 그럼 초속 20만km로 비행하는 관측자에게는? 역시 초속 30만km여야 하지요. 초속 10만km의 비행자에게는? 역시나 빛은 초속 30만km로 멀어져야 합니다. 관측자의 속도가 어떠하든 관측자가 등속 직선 운동 중이라면 광속은 늘 초속 30만km로 멀어져야 하지요. 한마디로 말해서, 관측자의 속도와 무관하게 광속은 늘 똑같아야 합니다. '광속 불변! 누가 측정해도 광속은 초속 30만km!' 이것이 아인슈타인의 단호한 결론이었지요. 심오한 상대성 원리와 모순되지 않으려면 반드시 이래야 합니다. 이 결론은 당시의 실험 결과와도 훌륭하게 일치합니다. 반면 당시 과학자들의 생각과는 정반대되는 놀라운 결론이었지요.

광속이
불변이라면?

아인슈타인이 보기에 당시의 모든 광속 실험가들은 심오한 상대성 원리를 무시했습니다. 우선, 그들은 지구가 태양을 중심으로 공전 중이라고 믿었지요.(여러분도 이렇게 믿고 계시죠?) 따라서 지구에는 에테르 역풍이 불어야 했습니다. 그렇다면 두 광선은 동시에 돌아올 수가 없지요. 그런데 만의 하나, 빛 에테르가 존재하지 않는다면? 하지만 그렇더라도 두 광선은 동시에 돌아올 수가 없습니다. 한 광선은 직선으로 왕복하고 다른 광선은 비스듬히 상승했다가 하강하니까요. 지구가 공전하는 한 이래야만 합니다.(여기까지 다 동의되시죠?)

하지만 갈릴레오의 심오한 상대성 원리에 따르면 "그래서는 안 됩니다." 지구는 (거의) 등속 직선 운동 중이기 때문에 정지 상태와 (거의) 똑같습니다. 따라서 지구가 '진짜로' 이동 중인지, 아니면 정지 중인지는 알 수가 없어야 합니다. 실제로도 우리는 지구의 움직임을 '전혀' 느끼지 못하지요. 그런데 에테르 태풍이 분다고? 그래서 광속이 발사 방향마다 다르다고? 만일 그렇다면 지구인들은 자신이 정지 상태가 아니라는 것을 알게 됩니다. 등속 직선 운동 중인데, 자신이 이동 중임을 알게 된다? 이것은 심오한 상대성 원리와 정면으로 모순되는 사태입니다. 따라서 아인슈타인의 결론처럼 "그래서는 안 됩니다." 그렇다면 올바른 결론은? "빛은 발사 방향에 따라 속도가 달라져서는 안 된다. 따라서 두 광선은 동시에 도착해야 한다! 광속은 불변!"이지요.

당시의 수용 불가파는 발사 방향에 따른 광속의 차이를 측정하려고 했습니다. 하지만 아인슈타인의 결론대로 광속이 불변이라면, 그런 차이는 측정될 수가 없습니다. 측정되어서도 안 되고요. 이렇게 보면 당시의 모든 실험 결과는 완벽할 정도로 정확한 것이었습니다. 새로운 실험을 시도할 필요 따위는 전혀 없었지요. 하지만 당시 수많은 과학자들은 심오한 상대성 원리를 망각했습니다. 그 결과 헛된 실험을 반복했던 것입니다. 단, 아인슈타인의 결론이 맞다면 그렇다는 말입니다.

한편 빛 예외설과 길이 수축설, 시간 지연설 쪽은 어땠을까요? 역시 마찬가지입니다. 그들 또한 광속 불변이라는 실험 결과를 기괴하다고 판단했으니까요. 그랬기 때문에 빛만은 예외라고 하든가, 아니면 실험 결과보다 더 기괴한 가설들을 제시하든가 했던 것이죠.

만일 아인슈타인의 확신이 옳다면, 그래서 광속이 불변이라면 당시의 과학자들은 죄다 헛다리를 짚고 있었던 겁니다. 틀릴 수밖에 없는 출구를 향해 맹렬히 전진한 셈이지요. 심오한 상대성 원리를 망각한 대가는 그토록 혹독했던 것입니다.

아인슈타인, 참 대단하죠? 어떻게 겨우 십 대 중반의 나이에 그럴 수 있었을까요? 최고의 과학자들이 모두 쩔쩔맸던 문제를 단박에,

그것도 상상의 힘만으로 해결하다니! 그럼 이것으로 광속 미스터리는 시원스레 풀리고 모든 과학자는 그 뒤 오래오래 행복하게 살았을까요? 유감스럽게도 그러지 못했습니다. 왜? 아인슈타인의 결론 자체에 치명적인 문제점이 있었거든요.

누가 더
고집불통인가?

치명적인 문제점이란 게 무엇이냐? 간단합니다. '광속 불변'이라는 결론이 쉬운 상대성 원리와 모순된다는 점입니다. 알다시피 한 물체의 속도는 측정자의 속도에 따라 달라집니다.(속도는 상대적이다.) 그런데 누가 재도 광속이 초속 30만km라고? 그래서 광속은 불변이라고? 그렇다면 빛은 절대 속도를 갖는다는 이야기인데, 이것은 쉬운 상대성 원리에 크게 위배됩니다. 그는 심오한 상대성 원리에 너무 치중한 나머지 쉬운 상대성 원리를 무시하고 만 걸까요? 놀랍게도 그렇지 않았습니다. 그는 두 가지의 상대성 원리를 모두 만족시켜야 한다고 믿었답니다.

만일 그러려면 빛은 절대 속도를 가지면서 동시에 상대 속도를 가져야 합니다. 대체 그런 일이 어떻게 가능한 걸까요? 아인슈타인은 이 문제에 대해 뾰족한 해결책을 제시할 수 없었어요. 아직 십 대 청소년이었던 그가 완전한 해답까지 제시하는 건 무리였겠지요. 그는 그저 두 가지 상대성 원리가 모두 옳아야 한다고 확신했을 뿐이랍니다. 그렇다면 혹시 빛 예외설을 믿었던 걸까요? 그것도 아니었습니다. 그는 상대성 원리를 전적으로 확신했기 때문에, 어떤 예외도 있을 수 없다고 생각했지요.

지금까지의 얘기를 들어 보니 어떤 생각이 드시나요? 아마 처음에는 아인슈타인의 상상 실험이 멋있게 보였을 겁니다. 당시 과학자들에 대한 그의 비판도 설득력이 있었고요. 하지만 이제 보니 진짜 고집불통은 아인슈타인 쪽이 아닙니까? 우기는 것도 정도가 있지, 모순되는 두 버전의 상대성 원리를 다 확신하다니! 그러면서 빛이 예외일 가능성마저 거부했다고? 이것은 어려운 정도가 아니라 아예 불가능한 출구였습니다. 대체 어떻게 그럴 수 있었을까요? 아무리 패기 넘치는 젊은이였다 해도 말이죠. 아인슈타인이 『돈키호테』를 무지 좋아했다고 하던데, 그래서 그토록 무모한 목표를 향해 돌진했던 걸까요?

상대성 원리에
예외가?

일단 아인슈타인이 상대성 원리를 확신한 것 자체는 이상할 것이 없습니다. 이 원리는 과학 전체에서도 손꼽힐 정도로 강력한 것이니까요. 모든 물리학의 기초이기도 하고요. 그러니까 '원리'라고 부르는 것이지요. 실제로 갈릴레오가 창시한 이래로 이 원리는 틀린 적이 한 번도 없었습니다. 수백 년 동안 수많은 관측이나 실험이 있었지만, 그 어떤 것도 상대성 원리에 어긋난 적이 없었지요. 우리의 상식과도 너무나 잘 들어맞았고요. 아인슈타인만이 아니라 어떤 과학자도 상대성 원리를 의심하지 않았지요. 그랬기 때문에 광속 불변이라는 실험 결과가 나왔을 때, 과학자들이 그토록 충격을 받았던 것입니다. 그러다 보니 빛 예외설이라는 가설까지 등장했던 것이고요.

만일 빛 예외설을 받아들이기만 한다면 수많은 광속 실험 결과들이 다 옳은 것으로 바뀝니다. 과학계 전체에도 평화가 다시 찾아오지요. 상대성 원리는 빛만 제외하면 영원한 원리로 계속 남을 수 있었고요. 그런 상황이었는데 마침 당시 전자기학 분야에서 예외가 발견되었습니다. 그것도 두 가지나 튀어나왔지요. 그중 한 가지는 전자기파의 속도 문제였습니다.

전자기파는 전자파랑 같은 말입니다. 오늘날 사방팔방에 난무하는 것들이니 여러분도 잘 알고 있겠죠? 전자기파는 맥스웰이라는 과학자가 1860년대에 처음 예견하였습니다. 전기 현상과 자기 현상을 열심히 연구한 끝에, 그는 전자기파라는 것이 있어야 한다고 주장했어요. 나아가 이리저리 계산을 해서 전자기파의 속도도 추정해 보았습니다. 그랬더니 놀라운 결과가 나왔어요. 초속 30만km, 바로 광속과 똑같았던 겁니다. 더 놀라운 건 이것이 절대 속도였다는 사실! 전자기파를 추격하면서 재든, 멀어지면서 재든 언제나 초속 30만km여야 했어요. 만일 이게 사실이라면 상대성 원리는 무너지고 맙니다. 상대성 원리에서는 절대 속도란 있을 수 없으니까요. 그렇지만 과학자들은 이 문제를 그리 심각하게 여기지 않았습니다. 전자기파는 아직 이론상의 존재에 불과했고, 전자기파의 속도도 계산상의 결과였을 뿐이니까요. 아직 존재하지 않으니 속도를 측정할 수는 없는 노릇이었죠.

그런데 그로부터 20년 정도 지난 1887년, 헤르츠라는 과학자가 맥스웰의 이론을 바탕으로 실험을 통해 전자기파를 실제로 만들어 냈습니다. 이론상으로만 예견되었던 전자기파가 실제로 만들어진 겁니다. 라디오를 듣다 보면 주파수가 몇 메가헤르츠라고 나오죠? 그게 바로 이 과학자의 이름을 딴 겁니다. 헤르츠는 얼마 지나지 않아 전자기파의 속도를 측정하여 빛의 속도와 같다는 것을 확인했습니다. 빛과 마찬가지로 반사도 하고 굴절도 한다는 것도 증명했지요. 이렇게 빛과 비슷한 전자기파가 실제로 존재한다, 게다가 그 속도는 절대 속도라고 예견되어 있다, 그렇다면 빛의 속도 역시 그러지 말라는 법이 어디 있는가? 게다가 광속 불변은 수많은 정밀 실험들의 일치된 결과 아닌가?

이런 이유들 때문에 아인슈타인도 한때 흔들린 적이 있었습니다. 상대성 원리에 예외가 있을 수도 있지 않을까, 그런 의심을 품었던 것이지요. 하지만 흔들림도 잠시, 그는 다시 상대성 원리로 돌아왔습니다. 그러면서 빛 예외설을 단호히 거부하였지요.

대체 그런 확신이 어디서 나왔을까요? 그것은 바로 그가 오래도록 좋아했던 전자기학 분야의 공부 덕분이었습니다. 이 분야를 파고든 결과 그는 상대성 원리를 더욱 확신하게 되었지요. 이제부터 저는 그 과정을 추적해 볼까 합니다. 그러면서 전자기파의 속도 이외에 또 하나의 예외는 뭔지도 얘기할 겁니다. 그러기 위해 잠시 아

인슈타인이 살았던 시대 속으로 들어가 볼 거예요. 여러분도 함께
가 보시죠, 그 찌릿찌릿했던 세상 속으로!

전기가 준 선물

3장

아인슈타인은
'전기맨'!

어쩌다 보니 너무 과학 이야기만 하고, 정작 우리의 주인공에 대해서는 조금 소홀했던 것 같네요. 과학도 결국은 사람이 하는 일인데 말이죠. 잠시 휴식도 할 겸, 그의 성장 과정과 시대 배경을 알아보기로 하죠.

아인슈타인은 어려서부터 과학에 관심이 많았습니다. 그중에서도 특히 전기 분야에 빠삭했지요. 아버지와 삼촌이 함께 전기 회사를 운영했으니 오죽했겠어요. 집안 분위기부터 찌릿찌릿했지요. 그의 장래 희망도 전기 공학자가 되는 것이었습니다. 스위스 공과 대학에 입학한 것도 그 때문이었어요. 게다가 이곳을 졸업하면 고등학교 교사 자격이 주어지니 일석이조였죠. 입학할 당시에는 아버지와 삼촌의 회사가 망해 가정 형편이 어려웠거든요. 아인슈타인은 얼른 취직을 하고 싶었어요.

아, 괴로워! 가련한 우리 부모님이 저리도 고생을 하시다니! 그런데
도 다 큰 어른인 나는 아무런 도움도 되어 드리지 못하고 있어. 슬픈 일
이야. 나는 우리 집에 오직 부담만 끼치고 있어. 차라리 내가 태어나지
않았더라면 좋지 않았을까, 이런 생각도 한단다. 그래서 나도 내 나름
최선을 다하고 있어. 내 공부를 위해 필요한 것 이외에는 어떤 향락이
나 탈선도 하지 않아.

—1898년, 아인슈타인이 19세 때 두 살 어린 여동생에게 보낸 편지에서

그렇지만 아인슈타인은 대학 졸업 후에도 한동안 취직을 못 합니
다. 대학의 지도 교수가 그를 안 좋게 보아서 취직하는 데 도움을 주
지 않았거든요. 심지어 방해했다는 소문까지 있었답니다. 아인슈타
인의 성격이 별로 고분고분하지 않았다나 뭐라나! 결국 보험 회사
에 취직하지만 월급만으로는 생활이 어려웠어요. 1902년 2월에는
스위스의 『베른신문』에 아르바이트 광고까지 냅니다.

광고를 보고 찾아온 사람은 달랑 두 명. 그들에게서 몇 푼 안 되는
돈을 받아 가며 아인슈타인은 계속 버텼습니다. 그러다 친구가 손
을 써 준 덕분에 그해 6월, 23세에 특허청에 취직을 하게 되었어요.
참 다행이지요? 비록 말단직에 해당하는 3등 기사, 그것도 비정규
직이긴 했지만요.(1904년에야 정규직으로 전환됩니다.) 거기서 근무할 때
도 전문 분야는 전기 공학이었어요. 그가 주로 한 일이 전기 기구 발

명에 대한 심사였거든요. 그는 한마디로 '전기맨'이었던 겁니다.

그가 청소년 시절을 보내고 있을 때, 유럽도 전기의 시대를 맞이하였습니다. 하루가 멀다 하고 '전(電)'자 들어가는 것들이 속속 발명되고 개선되었지요. 전화, 전보, 전신, 무선 전신, 전동기, 백열전구, 전차 등등. '전'자 안 들어가는 것들도 빼놓을 수 없지요. 엘리베이터, 녹음기, 라디오, 대서양 횡단 케이블 등등. 죄다 전기를 이용한 신기한 물건들이었지요.

우리나라에도 고종 때인 1887년에 경복궁에 전깃불이 들어왔습니다. 에디슨이 최초의 전구를 발명한 지 겨우 8년 만의 일이었죠. 1898년에는 전기 회사도 설립되고, 다음 해엔 전차도 개통됩니다. 전기로 가는 기차가 동대문에서 서대문 사이를 왕복한 거예요. 1900년에는 종로에 가로등이 세 곳에 설치되기도 했고요. 국력이 크게 쇠약해져 일본의 식민지가 되기 직전이었던 조선에서도 이 정도였답니다. 그러니 전기의 본고장 유럽에서는 어땠겠어요? 당시의 세계는 한마디로 전기의 시대였습니다.

전기와 자기의
은밀한 관계

시대 분위기를 타고 전기를 연구하는 과학은 눈부시게 발전하였습니다. 온갖 전기 제품들이 발명되고 개선되다 보니 당연한 추세였죠. 그런 과정에서 과학자들은 전기와 자기의 은밀한 관계를 눈치채기 시작했습니다. 은밀한 관계? 네, 그렇습니다. 사실 전기와 자기는 전혀 성질이 다른 현상입니다. 우선 전기는 찌릿찌릿한 기운이죠. 그럼 자기는? 자석이 쇳가루나 클립 같은 것을 끌어당기는 기운이죠. 이처럼 성질이 전혀 달라서, 초기에는 전기학과 자기학이 별개의 과학 분야로 발전하였습니다. 그런데 둘이 무관하지 않다는 단서들이 하나둘 포착되기 시작한 거예요.

우선 덴마크의 외르스테드 얘기부터 해 볼까요? 그는 1820년에 전선에 전류가 흐를 경우, 주변에 있는 나침반의 바늘이 움직인다는 사실을 발견했습니다. 전선과 나침반은 가까이 있긴 했지만, 접촉되어 있지는 않았어요. 그런데 어떻게 전류가 나침반에 영향을 끼칠 수 있었을까요? 일단, 원격 작용 자체는 에테르 덕분에 설명이 가능했습니다. 전류가 흐르면 주변의 에테르가 영향을 받아 전기장이 조성된다, 그리고 이 전기장이 나침반에 영향을 끼친다, 대략 이런 식이었죠. 문제는 마지막 대목 즉, '전기장이 나침반에 영향을 끼친다.'에 있었습니다. 전기장이 어떻게 나침반을 움직일 수 있을까요? 나침반은 전기가 아니라 자기하고 상호 작용을 하는 물건인데요.● 과학자들은 그 메커니즘을 추적하기 시작했습니다.

약 10년 뒤에는 자석-코일 현상도 발견되었습니다. 코일은 전선을 용수철처럼 둥글게 만 것입니다. 스프링처럼 생겼죠. 이 코일에는 배터리나 전원이 연결되어 있지 않습니다. 당연히 코일에는 전기가 흐르지 않지요. 그런데 자석만 있으면 이 코일에 전기가 흐르

● 지구는 하나의 거대한 자석이라고 할 수 있습니다. 그리고 나침반의 바늘은 작은 자석이지요. 이 작은 자석이 지구의 거대한 자기를 느껴 특정한 방향을 가리키는 것입니다.

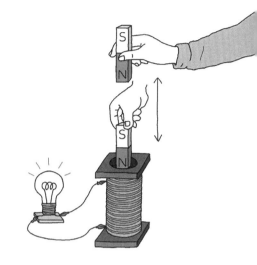

게 할 수 있답니다. 어떻게?

먼저 자석을 코일 가까이에 가져갑니다. 그리고 코일 안쪽으로 넣었다 뺐다를 반복해요. 그러면 짜잔! 코일에 전류가 흐릅니다. 그래서 코일과 연결된 전구에 불이 들어오지요. 신기하죠? 거꾸로도 됩니다. 자석을 그대로 두고 코일을 왔다 갔다 해도 코일에 전류가 흐르지요. 1831년, 패러데이는 각고의 노력 끝에 이 실험에 성공했습니다. 하지만 어떻게 이런 일이 가능한지는 이해할 수 없었습니다. 코일은 기본적으로 전기하고 상호 작용을 하는 물체입니다. 이런 물체를 전도체라고 하죠. 그런데 어떻게 자석이 주변에서 좀 알짱거린다고 코일에 전류가 생겨날 수 있는 걸까요? 이 메커니즘 역시 과학자들의 탐구 대상이었습니다.

전자기학의
탄생

전기와 자기 사이에는 분명 모종의 관계가 있었습니다. 하지만 그게 정확히 어떤 관계인지는 알기 힘들었어요. 둘이 워낙 종류가 다른 현상이었기 때문에 더 그랬지요. 그렇잖아도 전기와 자기는 과학자들을 무던히도 괴롭히고 있었습니다. 전기 분야와 자기 분야에는 골치 아픈 현상들이 많았거든요. 그것을 설명하는 법칙과 방정식들도 무지 많았고요. 왜 이렇게 자연 현상이 잡다하고 불규칙한 건지, 이해할 수 없을 정도였죠. 과학자들의 주름살이 펴질 날이 없었습니다. 그러나 고뇌의 시간은 그리 길지 않았습니다. 1860년대에 맥스웰이 혜성같이 등장하여 결정적인 이론을 제시했거든요. 조금 전에 만난 적이 있죠? 전자기파의 존재와 속도를 예측했던 그 맥스웰이요.

그의 이론은 '자석이 움직이면 자기장의 세기가 변하고, 그러면 전기장이 발생한다.'는 것이었습니다. 그는 이 메커니즘을 단 4개의 방정식으로 깔끔하게 정리하는 데 성공했어요.(이 방정식들은 오늘날에도 전자기학에서 가장 중요한 방정식이랍니다.) 과학자들은 크리스마스 선물을 받은 아이들처럼 기뻤습니다. 순식간에 주름살이 활짝 펴졌지요. 더욱 기뻤던 것은 이 선물에 특별 보너스까지 딸려 왔다는 겁니다. 그게 뭐였느냐? 그때까지 숱하게 많았던 방정식들이 그 4개의 방정식 안에 모두 통합되어 버린 거예요. 잡다한 법칙들도 더 이상 필요 없어져 버렸죠. 전기와 자기 간의 관계도 명쾌하게 해명되었고요. 이리하여 맥스웰은 따로 발전해 오던 전기학과 자기학을 하나로 통합했습니다. 지금 우리가 전자기학이라 부르는 통합 과학이 탄생한 것이지요.

전기학＋자기학＝전자기학

오늘날 많이 쓰이는 전자기파라는 말도 맥스웰 덕분에 가능해진 겁니다. 따로 다루던 전기파와 자기파를 함께 취급할 수 있게 된 것이지요. 전기파(電氣波)＋자기파(磁氣波)＝전자기파(電磁氣波). 줄여서 전자파라고도 하는데, 이때도 한자는 전자파(電子波)가 아니라 전자파(電磁波)입니다.

맥스웰의 이론과 방정식은 막강했습니다. 당시 과학자들은 자신감에 넘쳤고, 자석-코일 미스터리도 곧 풀릴 것만 같았죠. 하지만 이 미스터리는 만만치 않았습니다. 마치 자신의 비밀을 들키고 싶어 하지 않는 것 같았어요. 코일이 정지 중이고, 자석이 그 안을 들락날락하는 경우는 맥스웰 이론으로 설명이 잘되었습니다.(자석이 움직이면 전기장이 발생한다. 따라서 주변의 코일에 전류가 흐른다.) 그런데 반대의 경우, 즉 코일이 자석 근처에서 움직이는 경우는 도무지 설명이 되지 않았습니다. 이런저런 가설들을 세워 봤지만 뾰족한 해결책은 찾지 못했지요. 결국 그들은 포기하고 이 경우를 다른 이론으로 설명하고 맙니다. 그것은 바로 (아까도 출연한 바 있는) 로런츠가 세운 이론이었습니다. 과학자들은 이런 상황에 적잖이 괴로워했습니다. 왜 그랬냐고요?

사실 코일이 움직이든 자석이 움직이든 결과는 똑같습니다. 서로의 거리가 변하면, 즉 상대 운동이 발생하면 전류는 흐르지요. 어느 쪽이 움직이든 상대 속도만 같으면 발생하는 전류의 강도와 방향까지 같답니다. 당시 과학자들은 이 모든 사실을 잘 알고 있었어요. 문제는 이 자석-코일 현상을 단일한 과학 이론으로 설명할 수 없다는 점이었습니다. 자석이 움직일 때는 맥스웰 이론으로, 코일이 움직일 때는 로런츠 이론으로 설명했지요. 현상은 하나인데, 설명하는 이론은 두 가지다? 과학자들이 왜 불만스러웠는지 감이 좀 오시죠? 더 심각한 문제는 두 이론의 내용이 크게 달랐다는 겁니다.

맥스웰 이론에서는 자석이 움직이면 전기장이 발생합니다. 반면 로런츠의 가설적 이론(로런츠의 힘)에선 코일이 움직일 때 전기장이 발생하지 않습니다. 여러분이 듣기에도 뭔가 이상하죠? 과학자들은 그냥 이상하다고 생각한 정도가 아니라 심히 괴로워했답니다. 그런 설명은 물리학의 기본을 훼손시키기 때문이죠. 물리학의 기본? 네, 상대성 원리 말이에요.

잘 알다시피, 태양이 움직인다고 하든, 지구가 움직인다고 하든 하등의 차이가 없습니다. 상대 운동이 있다는 사실이 중요할 뿐이지요. 둘 중 어느 쪽을 기준으로 하든, 물리적 과정에는 전혀 차이가 없고요. 그런데 지금 이 상황은 어떠합니까? 자석과 코일 중 어느 쪽이 움직이느냐에 따라 물리적 과정이 크게 달라지지 않습니까?(물론 그 결과 전류가 흐른다는 사실에는 변화가 없지만요.) 이것은 상대성 원리에 크게 어긋나는 일입니다. 바로 이것이 상대성 원리의 첫 번째 예외였지요. 게다가 전자기파는 절대 속도를 갖고 있지 않았습니까? 상대성 원리에 따르면 절대 속도란 있을 수 없지요. 그래서 전자기파의 속도가 상대성 원리의 두 번째 예외라고 간주되었던 겁니다. 이 두 가지를 볼 때, 전자기학 분야에는 상대성 원리가 적용되지 않는 것 같았습니다. 하긴 그럴 만도 했지요. 여러분도 알다시피 '전자기학＝전기학＋자기학'입니다. 한마디로 전자기학은 전기 에테르와 자기 에테르가 쌍으로 몰려다니는 분야인 겁니다. 그런데 에테르가 얼마나 희한하고 신비한 것입니까? 그런 도깨비 같은 것들이 간혹 상대성 원리에 어깃장을 놓는다? 과히 불가능한 일만은 아니겠지요.

전기장이
있으면서 없다니?

하지만 아인슈타인은 그렇게 생각하지 않았습니다. 전자기학에서도 상대성 원리는 적용되어야만 한다고 확신했지요. 어떻게 그럴 수 있었냐고요? 간단합니다. 상상 실험 하나만 해 보면 끝이죠. 아마 여러분도 대부분 아인슈타인의 확신에 동의하게 될 겁니다.

우선, 아무도 없는 컴컴한 우주 공간에 제가 홀로 떠 있는 풍경을 상상해 보세요. 제 손에는 자석이 하나 들려 있고요. 좀 황량한 풍경이죠? 아, 하나 더 있겠네요. 바로 에테르입니다. 에테르는 고요히 정지한 상태로 전 우주에 가득 차 있지요. 그러니까 자석 주변에는 자기장이 조성되어 있겠네요. 그럼 전기장은? 당연히 없습니다. 눈에 보이는 것이라고는 저와 자석뿐이니까요. 컴컴한 우주 공간에 저와 자석, 그리고 에테르가 고요히 정지해 있습니다. 그런데 제가 너무 외로워 보였는지, 저 멀리서 당신이 접근해 옵니다. 방향의 변화 없이 일정한 속도로 말이죠.(한마디로 당신은 등속 직선 운동 중입니다.) 외롭던 차에 당신이 곁으로 다가와 주니 저는 당신이 반갑고 또 고맙습니다. 하지만 당신은 도리어 제게 고마워합니다. 당신이 보기에는, 제가 당신 쪽으로 접근 중이니까요. 자석과 함께 말이죠. 어차피 등속 직선 운동 중이기 때문에, 누가 '진짜로' 이동 중인지는 전혀 중요하지 않습니다. 알 수도 없고, 또 물리적으로도 전혀 차이가 없지요. 상대성 원리에 따르면 그래야 마땅하고요.

자, 여기서 퀴즈 들어갑니다. 이 자석의 주변에는 전기장이 있을까요, 없을까요? 먼저 저를 기준으로 하면, 당연히 없어야 합니다. 자석이 정지해 있으니까요. 하지만 당신을 기준으로 하면 정반대가 됩니다. 전기장이 있어야 하지요. 왜? 당신의 관측에 따르면, 자석은 저와 함께 당신 쪽으로 이동 중이니까요. 자석이 광대한 에테르의 바닷속에서 이동 중이다? 그러면 자기가 강한 곳과 약한 곳의 위치가 계속 변합니다. 한마디로 자기장의 세기가 계속 변하는 것입니다. 이렇듯 자기장의 세기가 변하면? 전기장이 발생합니다.(이것이 맥스웰 이론의 핵심이죠.)

이게 어떻게 된 걸까요? 자석은 하나뿐인데, 그 주위에 전기장이 있기도 하고 없기도 하다? 더군다나 그것이 누구를 기준으로 삼느냐에 따라 달라진다? 이것은 있을 수 없는 사태입니다. 한마디로 황당한 모순이죠. 별로 복잡하지도 않은 상상 실험이었는데 어느새 우리는 황당한 모순과 맞닥뜨리게 되었네요. 그건 우리의 상상 실험에 어딘가 문제가 있다는 이야기인데…….

상황이 간단하니 이런 문제를 일으킨 범인을 쉽게 찾을 수 있을 것 같습니다. 우선 있는 것이라곤 저와 당신, 그리고 자석과 에테르뿐입니다. 문제는 자석 주변에 전기장이 없으면서 있다는 것이었지요. 이런 황당한 현상은 왜 생겼죠? 자석이 정지 중이기도 하고 이동 중이기도 해서 생겼습니다. 어떤 물체가 정지 중이기도 하고 이동 중이기도 하다? 이건 많이 이상해 보입니다. 그럼 이것이 문제일까요?

그렇지 않습니다. 속도는 본래 상대적이니까요. 어떤 물체의 속도는 그것을 관측하는 상대방(관측자)의 상태에 따라 다릅니다. 그래서 물리학에서는 어떤 물체가 '진짜로' 정지 중이냐 이동 중이냐는 따질 수가 없습니다. 기준이 정해지면 그 기준에 대해서만 따질 수 있지요. 지금 자석은 저를 기준으로 하면 정지 중입니다. 당신을 기준으로 하면 이동 중이고요. 여기엔 하등의 문제가 없습니다.

그럼 남은 용의자는? 네, 그렇습니다. 에테르뿐입니다. 우주 전체에 가득 차 있다고 믿었던 에테르가 문제인 것 같습니다. 정말로 에테르가 있다면 자석 주변에 전기장이 있기도 하고 없기도 해야 하지요. 황당한 모순을 일으킨 범인은 바로 에테르인 겁니다. 만일 이 상황에 코일이라도 더해진다면 더 황당한 일이 발생합니다. 우선,

제가 보기엔 코일에 전류가 흐를 리 없습니다. 자석이 정지 중이니 당연한 결과죠. 반면 당신이 보기엔 코일에 전류가 흘러야 합니다. 왜? 정지 중인 에테르 속에서 자석이 이동 중이니까요. 자기장의 세기가 계속 변하고 그 결과 전기장이 새로 발생하지요. 따라서 주변의 코일에 전류가 찌르르 흐르게 됩니다. 같은 코일에 전류가 흐르기도 하고 안 흐르기도 한다? 이런 일은 불가능합니다. 그러니 범인은 에테르임에 틀림없습니다. 에테르가 있는 한 이런 모순을 피할 길이 없지요.

만일 에테르가 없다면? 그러면 순식간에 문제가 해결됩니다. 아시다시피 중요한 것은 자석과 코일 간의 관계뿐입니다. 둘 사이의 거리나 위치가 변하느냐 안 변하느냐만이 중요하지요. 변하면 코일에 전류가 흐르고, 변하지 않으면 전류가 흐르지 않습니다. 만일 당신이 코일을 들고 있다면 이 코일에는 전류가 흘러야 합니다. 왜? 자석과의 거리가 계속 줄어드니까요. 반면 내가 코일을 들고 있다면? 이 코일에는 전류가 발생하지 않습니다. 왜? 자석과 코일 간의 거리가 변하지 않으니까요. 아주 간단하죠? 이렇듯 자석-코일 현상은 상대성 원리만으로 훌륭하게 설명됩니다. 여기에 에테르는 있을 필요가 없지요. 아니 있으면 안 됩니다. 곧장 황당한 모순이 발생해 버리니까요.

아인슈타인은 이 상상 실험을 통해 깨달았습니다. 전자기학 분야의 에테르 즉, 자기 에테르와 전기 에테르는 허상이었다는 것을요. 그럼 자석과 코일 중 어느 쪽이 움직이느냐에 따라 물리적 과정이 달라지는 문제는? 그건 이미 보았다시피 말끔하게 해결되었습니다. 우리는 자석과 코일의 상대 운동만 고려하면 되었지요. 에테르 따위는 없다고 치고 상대성 원리만 철저히 준수하니 모든 문제가 사라져 버렸습니다. 그렇다면 혹시 빛 에테르도 없는 것 아닐까? 빛 예외설 역시 한낱 허상이 아닐까? 아인슈타인의 가슴속에서 이런 의심들이 뭉게뭉게 피어올랐습니다.

과학자들을 위한
변명

당시 과학자들은 빛 에테르가 있다고 확신했습니다. 따라서 에테르 태풍이 불고, 그 결과 광속은 발사 방향에 따라 달라질 거라고 믿었지요. 그러나 실험 결과는 언제나 '광속은 불변'이었지요. 과학자들은 이 실험 결과들을 이해할 수 없었고, 따라서 계속 새로운 실험을 시도해야 했습니다. 아니면 빛 예외설이나 길이 수축설, 시간 지연설 같은 가설들을 주장했지요. 당시 과학자들은 왜 그토록 에테르를 확신했던 걸까요? 앞서 보았듯이 자기 에테르를 확신했던 이유는 바로 자기장 때문이었습니다. 자석이 책받침 너머의 쇳가루를 원격 조종하는 현상을 설명하기 위해서였지요. 그렇다면 빛 에테르는 또 왜 그리 철석같이 믿었을까요? 거기에는 그럴 만한 이유가 있었습니다.

당시 과학자들은 파동에 대해 상당히 정확히 알고 있었습니다. 파동에는 음파(音波, 소리의 파동)와 광파(光波, 빛의 파동), 전자기파 등이 있다는 사실도요. 파동(波動)이란 물결처럼(波) 움직인다(動)는 뜻입니다. 영어로는 웨이브(wave)라고 하지요. 파동에서 중요한 점은 이것이 무언가에 실려 전달된다는 점입니다. 이게 무슨 말인지, 소리를 가지고 쉽게 설명해 보겠습니다.

만일 제가 "아인슈타인이 말이야."라고 말하면 어떤 일이 생길까요? 제가 이 말을 하는 동안 저의 성대가 떨립니다. 이 떨림은 제 입 주변의 공기 분자들을 부들부들 떨게 만들지요. 물리학에선 이런 떨림을 진동이라고 한답니다. 이 분자들은 주변의 분자들에게 자기가 받은 충격을 전달합니다. 주변 분자들은 또 자기 주변의 분자들에게 그 진동을 전달하고요. 이런 식으로 진동은 계속 전달됩니다. 물론 진동은 점점 약해지지요. 그렇게 약화된 진동이 당신의 귓속에 있는 공기 분자들, 그리고 마침내 당신의 고막까지 진동시킵니다. 고막은 약해진 진동을 증폭시켜 주지요. 그 순간 당신은 저의 청아한 목소리를 듣게 됩니다. "아인슈타인이 말이야." 이것이 바로 '듣는다는 현상'입니다.

이처럼 저는 제 목소리를 당신 귓속으로 직접 넣어 주는 게 아닙니다. 제가 하는 일이라고는 제 입 주변의 공기를 진동시키는 것뿐이지요. 그다음 일은 대기 중의 분자들이 알아서 합니다. 제가 일으킨 떨림이 공기 분자들을 타고 파도처럼 너울너울 당신한테까지 전달되는 것입니다. 그래서 소리를 음파라고 부르는 것이고요. 따라서 소리가 전달되려면 반드시 공기 분자들이 있어야만 합니다. 물속이라면 물 분자들이 있어야 하고요. 그럼 물질 분자들이 없는 우주 공간에서는 어떨까요? 당연히 소리가 전달되지 않습니다. 그래서 우주 공간에서는 소리가 들리지 않는 겁니다.

소리가 음파라면 빛은 광파(光波)입니다. 빛의 물결이라는 뜻이지요. 광파 역시 공기 중이나 물속의 분자들을 가로질러 전달됩니다. 여기까지는 음파와 비슷합니다. 하지만 차이도 있어요. 음파는 초속 340m로 달리지만 빛은 초속 30만km로 질주하지요. 속도만 다른 것이 아닙니다. 음파와 광파 사이에는 그보다 훨씬 더 큰 차이가 있습니다. 방금 말했듯이, 음파는 우주 공간에서 전달될 수가 없습니다. 우주에는 물질 분자들이 없으니까요. 그런데 빛은 어떻습니까? 우주 공간에서도 '슝슝' 날아다니지 않습니까? 멀리 떨어져 있는 별빛들이 지구까지 쉽게 도달하지요. 그럼 이 빛은 무엇에 실려 전달되는 걸까요? 많은 과학자들이 관측과 탐구를 거듭해 보았지만 우주 공간은 텅 비어 있었습니다. 어떤 물질도 발견되지 않았지요. 하지만 빛은 파동이기 때문에 자신을 실어 날라 줄 어떤 물질이 반드시 있어야 했습니다.

파도 응원을 본 적 있는 분들이라면 이 말을 쉽게 수긍하실 겁니다. 관중들이 박자를 잘 맞춰 일어났다 앉았다 합니다.(이것이 진동입니다.) 그 결과 거대한 파도가 옆으로 옆으로 흘러가지요.(이것이 파동이지요.) 줄넘기 줄을 흔들어 봐도 마찬가집니다. 줄은 제자리에서 위아래로 흔들릴 뿐 제 손을 떠나진 않습니다. 그런데도 일렁이는 파도는 옆으로 흘러가지요. 이처럼 파동이란 물체들의 떨림(진동)이 전달되는 것입니다. 그럼 물체들이 없다면 파동이 생겨날 수 있을까요? 불가능하지요. 그건 관중 없이 파도 응원을 한다든가 몸 없이 웨이브 춤을 추겠다는 것과 같은 말입니다. 빛은 파동이니까, 역시나 떨림을 전달해 줄 무언가가 있어야만 합니다. '그것'은 과연 무엇일까요?

우선, '그것'은 우주 공간을 가득 채우고 있어야 합니다. 그래야 뭇별들에서 분출되는 빛을 우주 어디까지라도 전달해 줄 수 있겠죠. 둘째, '그것'은 보통 물질과는 전혀 다른 것이어야 합니다. 지금까지 과학자들에 의해 한 번도 관측되거나 검출되지 않을 만큼 말이죠. 셋째, '그것'은 엄청나게 묽어야 합니다. 왜? 우주에는 수많은 별들이 운행하고 있지 않습니까? 태양계만 해도 태양과 달은 물론 여러 행성들이 엄청난 속도로 내달리고 있지요. 그런데 그 많은 것들 중 어느 것도 '그것'에 의해 표면이 닳았다는 증거가 없습니다. '그것'과의 마찰 때문에 운행 속도가 줄어드는 것 같지도 않고요. 대체 얼마나 묽길래 스쳐 간 흔적조차 남지 않는 걸까요? 넷째, '그것'은 빛을 어마어마한 속도(초속 30만km)로 옮겨 줄 수 있는 특별한 힘이 있어야 합니다. 넷째, '그것'은 보통 물질들과는 전혀 상호 작용을 하지 않습니다. 만일 상호 작용을 한다면? 지구가 엄청난 속도로 공전 중이니 지구상의 모든 물체는 벌써 '그것'의 태풍에 휩쓸려 우주 공간으로 날려 가 버렸겠지요. 다섯째, 심지어 '그것'은 소리와도 상호 작용하지 않습니다. 우주 공간에선 분명히 소리가 전달되지 않으니까요.

우주에 충만한 묽은 물질, 그러면서도 막강한 힘을 가진 신비한 에너지, 끝으로 빛하고만 놀아 주는 까칠함까지. 이토록 신비한 흐름 혹은 에너지를 과학자들은 빛 에테르라 명명했지요. 사실 이름은 뭐가 됐든 상관없었습니다. 아무튼 이런 기이한 성질을 가진 '그것'은 반드시 있어야 했습니다. '그것'이 없으면 빛이 전달될 수 없고, 그렇다면 빛이고 광학이고 있을 수가 없습니다. '그것'은 모든 광학 이론의 필수적인 전제였습니다. 이제 좀 공감이 되시나요, 왜 당시 과학자들이 빛 에테르가 반드시 있을 거라고 확신했는지?

새로운
출발점

'전기맨' 아인슈타인은 자석-코일 미스터리를 풀었습니다. 그것은 그에게 새로운 빛을 던져 주었지요. 그는 전기 에테르와 자기 에테르가 없다는 것을, 그리고 상대성 원리는 전자기학 분야에도 적용된다는 사실을 깨달았죠. 아인슈타인은 이 깨달음을 광속 측정 분야에 비추어 보았습니다. 혹시 빛 에테르도 없는 게 아닐까? 만의 하나 빛 에테르가 없다면 광속 미스터리는 어떻게 될까? 그것도 역시 상대성 원리만 가지고 풀 수 있는 게 아닐까? 전자기학 분야에서 그랬듯이 말이야. 만일 그럴 수만 있다면 얼마나 기쁘고 통쾌할까?

그런데 참 이상도 하지, 전자기파는 광파하고 비슷해도 너무 비슷해. 둘 다 파동인 데다가 초속 30만km로 질주하는 것도 같아. 그게 불변의 속도라는 것까지 완벽히 일치하지. 어쩌면 전자기파의 속도와 빛의 속도는 동일한 미스터리일지도 몰라. 하나를 풀면 다

른 하나도 자동으로 풀리는……. 그의 가슴속에서는 새로운 아이디
어들이 마구 튀어나와 쿵쾅거리기 시작했어요. 저 멀리서 희미하게
서광이 비치는 것도 같았지요. 그는 새로운 출발점에 서서 숨을 고
르기 시작했습니다.

광속 미스터리와의 정면 대결

4장

상대성 원리의
대표 공식

이제부터 우리는 아인슈타인과 힘을 합쳐 광속 미스터리와 맞짱을 뜹니다. 보통 미스터리가 아니니 각오 단단히 하셔야 할 겁니다. 하지만 지나치게 긴장하실 필요는 없어요. 적을 알고 나를 알면 백전백승이라는 옛말도 있지 않습니까? 그런 의미에서 일단 우리 자신부터 알아 둡시다. 지금 우리의 무기는 상대성 원리뿐입니다. 그럼 빛 에테르는? 그건 있는지 없는지도 확실치 않으니 일단 제쳐 두기로 합시다. 이것저것 거추장스럽게 달고 나가는 건 패배의 지름길이니까요. 실제로 아인슈타인도 상대성 원리 하나만 들고 전투에 나섰습니다. 이 원리는 지금까지 너무 많이 들어 오셨죠? 그래서 똑같은 얘기를 또 반복할 필요는 없겠습니다. 다만 최종 점검도 할 겸, 이 원리를 조금 다른 버전으로 얘기해 보려고 합니다. 그건 바로 속도가 상대적이기 때문에, 위치 정보도 상대적이라는 이야기예요.

자동차 한 대가 시속 100km로 달리고 있습니다. 그 뒤를 다른 자동차가 시속 80km로 따라가고 있어요. 이 차에는 제 친구가 타고 있지요. 저는 이 광경을 바라보고 있고요. 1시간 뒤 앞차의 위치에 대한 정보는 어떻게 될까요? 우선, 앞차의 위치에 대한 저의 정보는 당연히 100km입니다. 그럼 제 친구의 정보는 어떨까요? 제 정보보다 80km 짧은 20km일 겁니다. 앞차가 달리는 동안 80km를 따라붙었으니까요. 결국 친구의 정보는 제가 가진 정보에서 친구가 이동한 거리를 뺀 것입니다. 이것을 간단한 공식으로 만들어 보죠.

친구의 정보 = 나의 정보 − 친구의 이동 거리(속도×시간)

$$x' = x - vt$$

앞차의 위치에 대한 정보	1시간 뒤	2시간 뒤	3시간 뒤
나의 정보(x)	100km	200km	300km
친구의 정보(x')	20km	40km	60km

이처럼 같은 자동차의 위치에 대한 정보도 저와 친구의 것이 다를 수 있습니다. 그렇지만 서로가 가진 위치 정보가 달라도 혼란은 안 생긴답니다. 간단한 뺄셈만 해 주면 내가 가진 위치 정보가 상대가 가진 위치 정보로 바뀌니까요. 거꾸로 상대의 정보도 쉽게 제 것으로 변환됩니다. 덧셈만 해 주면요.

친구의 정보+친구의 이동 거리 = 나의 정보

$$x'+vt = x$$

여기까지 혹시 이해가 안 되는 곳 있었나요? 아마 없을 겁니다. 상식을 간단히 공식화한 것뿐이니까요. 그런데 이 공식에 '갈릴레오 변환'이라는 거룩한 이름이 붙어 있답니다. 왜? 우선 변환이라는 말이 붙은 것은, 이 공식을 쓰면 내 정보가 상대의 정보로 변환되기 때문입니다. 한편 이 공식은 위치 정보가 상대적이라는 것을 의미합니다. 그래서 상대성 원리의 창시자인 갈릴레오의 이름을 붙여 준 것이지요. 상대성 원리가 지배하는 이 세상의 대표 공식, 그것이 바로 갈릴레오 변환 공식입니다. 어떠세요, 상대성 원리의 대표 공식까지 장착하고 나니 한결 든든한 것 같지 않나요? 이것으로 나의 무기를 아는 건 마치겠습니다. 이번엔 적의 정체를 알아볼까요.

악당의
정체를 밝혀라

상대성 원리가 다스리는 평화로운 세상에 어느 날 악당이 출현했습니다. 그게 누군지, 짐작하시겠죠? 네, 바로 광속입니다. 광속은 상대성 원리에 크게 어긋났습니다. 갈릴레오 변환을 무용지물로 만들어 버렸지요. 이제 이 악당의 정체를 낱낱이 밝혀야 할 때가 왔습니다. 그러기 위해 당신을 제가 만든 상상 실험으로 초대하겠습니다. 이 악당이 지구의 평화, 아니 우주의 평화를 어떻게 해치는지 똑똑히 보아 두세요.

무대는 칠흑같이 어두운 우주 공간!

저는 광선총과 스피드 건을 들고 있습니다. 옆에는 특수 자동차가 2대 서 있고요. 1대는 최근 은하계 카 레이스 대회에서 빛나는 은메달을 받은 순은 차입니다.(초속 18만km, 광속의 60%) 또 1대는 더 빛나는 금메달을 차지한 황금 차예요.(초속 24만km, 광속의 80%) 2대 모두 스피드 건이 장착된 무인 자동차입니다. 모든 준비가 끝나고 은하계 전체가 긴장 속에 침을 꼴깍 삼키는 순간, 갑자기 "번쩍!" 했습니다. 제가 광선총을 쏘았거든요. 그와 동시에 자동차 2대가 쏜살같이, 아니 쏜살보다 더 빨리 튀어나갔지요. 그리고 1초 뒤, 제 앞에 이런 상황이 펼쳐졌습니다.

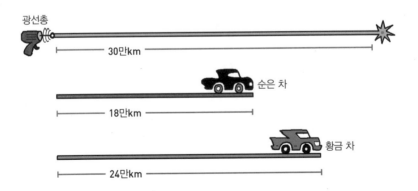

빛: 30만km 멀어짐.

순은 차: 18만km 멀어짐. 빛과의 거리 12만km.

황금 차: 24만km 멀어짐. 빛과의 거리 6만km.

저는 서둘러 저의 스피드 건을 확인해 보았습니다. 그랬더니 빛의 속도가 초속 30만km라고 찍혀 있었어요. 속도는 $\frac{\text{멀어진 거리}}{\text{걸린 시간}}$ 이니까, 극히 당연한 결과지요. 그렇다면 순은 차와 황금 차가 측정한 빛의 속도는 얼마일까요? 좀 다르게 나왔겠죠? 빛이 날아가는 동안 엄청난 속도로 그 빛을 추격했으니까요. 우선 순은 차의 경우, 1초 만에 빛이 12만km 멀어졌습니다. 그러니까 광속은 당연히 초속 12만km로 찍혔을 겁니다. 황금 차의 스피드 건에는? 쉽죠. 1초 뒤 6만km 멀어졌으니까 초속 6만km로 찍혔겠지요. 그런데 실제로 확인해 보니 황당한 결과가 나왔습니다. 순은 차의 스피드 건에도, 또 황금 차의 스피드 건에도 광속이 초속 30만km로 찍혀 있었어요. 쿠구궁!

말도 안 되는 상황입니다. 빛이 1초 만에 순은 차로부터 12만km 멀어지지 않았습니까? 그런데 어떻게 광속이 초속 12만km가 아니고 30만km로 찍힙니까? 심지어 1초 만에 24만km나 질주한 황금 차의 스피드 건에도 그렇게 찍혀 나오다니! 네, 정말 황당한 상황입니다. 그렇지만 너무 흥분하거나 화를 내지는 맙시다. 그런다고 자연 현상이 반성하거나 마음을 돌릴 리도 없으니까요. 잠시 흥분을 가라앉히고, 혹시 해결책은 없는지 차분하게 찾아보는 것이 좋겠습니다.

해결책이

있긴 한데……

우선 확실한 사실부터 분명히 해 둡시다. 첫째, 순은 차가 측정한 순간 빛과의 거리는 12만km 멀어져 있었습니다. 둘째, (말도 안 되지만) 순은 차의 스피드 건에는 광속이 초속 30만km로 찍혔지요. 일단, 이 두 가지 확실한 정보를 공식에 넣어 보죠.

$$\frac{\text{순은 차로부터 빛까지의 거리}}{\text{걸린 시간}} = \text{빛의 속도}$$

$$\frac{12만km}{\text{걸린 시간}} = \text{초속 30만km}$$

자, 왼쪽의 분수를 계산해서 답이 오른쪽의 초속 30만km로 나오려면 분모(걸린 시간)에 어떤 숫자가 들어가야 할까요? 네, 맞습니다. 0.4초입니다.

$$\frac{12만km}{0.4초} = \text{초속 30만km}$$

이렇게 되면 순은 차가 측정한 광속은 옳은 것으로 바뀝니다. 그렇지만 이건 전혀 해결책이 못되지요. 그 순간 0.4초가 아니라 분명 1초가 지났으니까요.

황금 차의 스피드 건에 찍힌 숫자 또한 골칫거리입니다. 1초 뒤, 빛은 황금 차로부터 6만km밖에 안 떨어져 있었습니다. 그런데 어떻게 초속 30만km가 나올 수 있겠습니까? 물론 분모에 0.2초를 대입하면 그런 숫자가 나오긴 하지요.

$$\frac{6만km}{0.2초} = 초속 30만km$$

그렇지만 이것 역시 해결책이 못됩니다. 시간은 분명 0.2초가 아니라 1초가 지났으니까요.

상대성 원리에 따르면 속도는 상대적입니다. 따라서 나, 순은 차, 황금 차가 측정한 광속은 모두 달라야 하지요. 그런데 실제로 실험을 해 보면 셋이 측정한 광속은 모두 똑같습니다. 자동차의 속도를 좀 더 빠르게, 혹은 더 느리게 해 봐도 결과는 늘 '광속 불변'이었지요. 측정자의 운동 상태와 무관하게 말이죠. 이해할 수 없는 노릇이었습니다. 아무리 머리를 굴려 봐도 해결책은 하나밖에 없는 것 같습니다. 나에게 1초가 지나는 동안 순은 차에겐 0.4초, 황금 차에겐 0.2초밖에 안 지났어야 합니다. 그렇지만 이런 일이 대체 어떻게 가능하겠습니까?

눈치채셨겠지만, 이 상상 실험은 당시의 광속 측정 실험을 조금 다르게 표현해 본 것입니다. 마이컬슨과 몰리를 비롯하여 당시 과학자들은 이러한 측정 결과를 믿을 수가 없었지요. 믿고 싶어도 믿을 방법이 없었고요. 그래서 그들은 빛의 발사 방향을 이리저리 바꿔 보았지요. 실험 장치 전체를 빙글빙글 회전시켜 보기도 했고요. 하지만 아무 소용 없었습니다. 광속은 늘 똑같았지요. "광속 불변!"

로런츠가
옳았던 걸까?

아인슈타인은 광속이 왜 불변인지 이해하기 위해 무진 애를 썼습니다. 본다는 것에 대해, 두 가지 버전의 상대성 원리에 대해 깊이 공부를 했지요. 광속 비행 상상 실험도 열심히 해 보았고요. 그렇지만 해결책은 찾지 못했지요. 그러다 보니 상대성 원리가 절대적인 진리는 아니지 않나, 의심도 해 보았습니다. 그래서 전자기학 분야를 깊이 파 보기도 했고요. 그 결과는 우리가 이미 본 바와 같습니다. 그는 전기 에테르와 자기 에테르가 없다는 결론에 도달했습니다. 상대성 원리가 옳다는 확신은 더욱 군건해졌고요. 하지만 그 모든 노력과 성과에도 불구하고 광속 미스터리는 풀리지 않았습니다.

무수한 실험 결과가 보여 주었듯이 광속이 불변이려면 시간이 각자에게 다르게 흘러야 했습니다. 어떤 사람에게 1초가 흐르는 동안 어떤 자동차에겐 0.4초가, 또 다른 자동차에겐 0.2초가 흘러야 했어요. 이외에 다른 속도로 달리는 수많은 자동차에겐? 저마다 다른 시간이 흘러야 했지요. 하지만 그런 일이 가능하기나 하겠습니까? 만일 그렇다면 정말 로런츠의 '시간 지연설'이 옳은 거게요.

기억나시죠, 로런츠의 시간 지연설과 길이 수축설? 멀쩡한 사람이라면 선뜻 받아들이기 힘들었던 그 이상한 가설이요. 그렇지만 그의 공식은 정말이지 정확했습니다. 그의 이름을 딴 로런츠 변환 공식, 그것은 빛만이 아니라 전기와 자기 분야에서도 완벽히 들어맞았지요. 가설은 이상한데 그 가설을 바탕으로 만들어진 공식은 극도로 정확하다? 여러분 같으면 이럴 때 어떻게 하시겠습니까? 공식이 실험 결과와 완벽히 일치하니까 받아들이시겠습니까? 아니면 가설이 너무 황당하니까 거부하시겠습니까? 좀처럼 결정을 못하시겠다고요? 그렇다면 참고로 로런츠 변환 공식을 보여 드리지요. 결정을 내리는 데 도움이 될지도 모르니까요.

일단, 로런츠에 따르면 물체가 이동할 경우 물체의 길이가 원래의 $\sqrt{1-\left(\frac{v}{c}\right)^2}$배로 바뀝니다. 이것은 1보다 '엄청 조금만' 작은 숫자입니다. 0.999...쯤으로 생각하시면 편하겠습니다. 물체가 이동하면 원래 길이의 0.999...배로 바뀐다는 겁니다.(길이 수축) 그럼 이 이동체에서 보내 오는 길이 정보를 옳게 바꾸려면? 0.999...의 역수인 $\frac{1}{0.999...}$을 곱해 주면 됩니다. 정확히는 $\frac{1}{\sqrt{1-\left(\frac{v}{c}\right)^2}}$을 곱해 주면 되지요.

한편 시간도 변합니다. 원래 시간의 $\sqrt{1-\left(\frac{v}{c}\right)^2}$배로 바뀌지요. 정지체의 시간이 1초 흐를 때, 이동체의 시간은 0.999...초만 흐른다는 겁니다.(시간 지연) 그럼 이동체의 시간 정보를 옳게 바꾸려면? 역시 그 역수인 $\frac{1}{\sqrt{1-\left(\frac{v}{c}\right)^2}}$을 곱해 주면 됩니다. 그 결과 로런츠 변환 공식은 이런 모양이 됩니다.

$$x' = (x - vt) \times \frac{1}{\sqrt{1-\left(\frac{v}{c}\right)^2}}$$

$$t' = \left(t - \frac{vx}{c^2}\right) \times \frac{1}{\sqrt{1-\left(\frac{v}{c}\right)^2}}$$

x': 상대의 위치 정보
x: 나의 위치 정보
v: 상대의 속도
c: 광속
t': 상대의 시간 정보
t: 나의 시간 정보

로런츠 공식을 보고 나니 이제 좀 판단이 서시나요? 그의 이론과 공식을 수용할지 말지 말이에요. 도움이 되긴커녕 골치만 더 아프게 되었다고요?

과학 이론에
근거가 없다니

가설은 이상하고 공식은 기괴하게도 생겼습니다. 길이 수축과 시간 지연도 기괴한데 그 정도가 똑같이 $\sqrt{1-(\frac{v}{c})^2}$ 배라니! 게다가 시간도 지연되고 길이도 수축되지 않습니까? 그러니까 내가 가진 위치 정보(x)와 시간 정보(t)에 두 공식을 모두 적용해 줘야 합니다. 그래야 간신히 상대방의 정보(x'와 t')로 바뀌지요. 한편 상대방의 시간(t')에 대한 공식을 보세요. 거기서 $(t-\frac{vx}{c^2})$는 또 뭘까, 궁금한 분들이 계시겠죠? 그럼 이제부터 그걸 자세히 설명해 볼…… 아, 아니라고요? 지금까지의 이야기로도 충분하다고요? 아마 대부분의 독자들이 같은 심정일 겁니다. 네, 좋습니다. 아무튼 내 시간 정보(t)에서 $\frac{vx}{c^2}$을 뺀 다음, 거기에 다시 $\dfrac{1}{\sqrt{1-(\frac{v}{c})^2}}$ 을 곱해 주어야 합니다. 그래야 상대방의 시간 정보(t')로 바뀌지요.

로런츠 변환 공식을 보다 보면 한숨이 절로 나옵니다. 더 알고 싶은 마음도 사라질 정도지요. 그렇지만 이상하긴 정말 이상합니다. 대체 왜 물체가 이동하면 길이가 수축되고 시간이 지연되는 걸까요? 길이 수축은 억지로라도 이해하려고 들면 이해해 줄 수도 있습니다. 예컨대 빠른 속도로 달리는 자동차에서 창문을 열면 머리카락도 마구 휘날리고 얼굴의 살도 약간 밀리잖아요. 자동차 앞부분도 '엄청 조금'이나마 뒤로 밀릴 겁니다. 수많은 공기 입자들과 충돌할 테니까요. 그 결과 차체가 조금이나마 짧아지지 않을까요? 제 이야기가 좀 억지스러워 보일 수도 있지만, 어쨌거나 길이 수축은 이렇게 유사한 경우라도 떠올릴 수 있습니다. 하지만 시간은 대체 왜 지연된다는 걸까요? 빨리 이동하면 시계가 느려지기라도 하는 걸까요? 로런츠 이론의 최대 문제는 바로 이 점이었습니다. 시간과 길이가 변해야 할 이유도, 근거도 없었지요. 창시자인 로런츠도 알 수 없었습니다. 아무리 고민해 봐도 도저히 이해할 수가 없었어요.

아인슈타인도 답이 없긴 마찬가지였습니다. 특히 시간이 여러 가지로 달라질 수 있다는 건 정말 상상을 초월하는 것이었어요.

물론 실험 결과들이 맞으려면 그래야겠지. 하지만 그런 일이 어떻게 가능하겠어. 정말로 그렇다면 경과한 시간이 1초이면서 동시에 0.4초이면서 또 동시에 0.2초라는 건데……. 그럼 대체 '지금'이 몇 시 몇 분이라는 거야? 한순간의 시각이 여러 개라도 된단 말인가? 아, 이런 말도 안 되는 상황이!

바로 여기였습니다. 아인슈타인은 매번 이 시간 문제에서 딱 막혔어요. 광속이 늘 동일하게 측정되려면 시간이 달리 흐르는 길밖에 없어. 아무리 고민해 봐도 다른 길은 없는 것 같아. 하지만 대체 시간이 왜 달리 흐른단 말인가? 그게 어떻게 가능하단 말인가? 새로운 출구를 찾았다 싶어 전력 질주를 하다 보면 어느새 이 막다른 골목이었습니다. 수십, 수백 번을 헤매 보아도 언제나 이 자리로 돌아왔지요. 아무리 봐도 더 이상의 출구는 보이지 않았습니다. 둘 중 하나를 선택하는 것 말고는.

모든 걸 포기하고 (마이컬슨과 몰리를 포함한) 수용 불가파 쪽에 가담해야 할까? 안 되지 안 돼! 그러려면 지금까지의 모든 실험 결과를 다 부정해야 하는데, 그러고도 과학이라고 할 수 있겠어? 그럼 로런츠의 이론과 공식을 받아들여야 할까? 오, 그것도 안 돼. 어떻게 경과 시간이 1초이면서 동시에 0.4초이면서 또 동시에 0.2초일 수 있단 말인가? 그런 걸 어떻게 과학 이론이라고 받아들여? 더군다나 그래야 할 근거도, 이유도 전혀 없는데…….

특허청 직원의
잠 못 이루는 밤

아인슈타인이 마지막에 봉착한 문제, 그것은 바로 시간 문제였습니다. 만일 로런츠 가설대로 정말로 시간이 지연된다면? 그렇다면 광속 미스터리는 풀려 버립니다. 하지만 대체 왜 시간이 느려진단 말인가? '지금' 이 순간이 어떻게 '동시에' 여러 개일 수 있단 말인가? 그는 묻고 또 물었습니다. 그러는 사이 그의 시간은 쉼 없이 흘러갔지요. 그리하여 때는 1905년, 그는 26세가 되었고 곁에는 아내와 갓 태어난 아들이 있었습니다. 광속 비행을 상상하던 파릇파릇한 청소년이 어느덧 한 집안의 가장이 된 것입니다. 그는 생계를 위해 3년 전부터 특허청에 다니고 있었습니다. 제출된 특허 서류들을 보면서 기술적인 문제를 검토하는 게 그의 업무였지요. 한마디로 말단 기술직이었던 겁니다.

그는 바쁜 와중에도 틈틈이 광속, 전자기학, 상대성 원리 등과 씨름을 했어요. 하지만 뜨거운 열정에도 불구하고 해결책은 보이지 않았지요. 특허청 직원의 잠 못 이루는 밤이 점점 더 많아졌습니다. 그는 과학 논문들을 뒤적이며 숙고를 거듭했습니다. 상상 실험의 강도도 더 높여 나갔어요. 존재 전체가 터져 버릴 것 같은, 가열한 시간들이었습니다. 그렇지만 현실은 냉엄했습니다. 해결의 실마리조차 잡히지 않았지요.

따뜻한 5월 초의 어느 날, 아인슈타인은 근무가 끝난 뒤 특허청 직장 동료 베소와 만났습니다. 그들은 평소에도 과학을 주제로 토론을 나누던 절친이었지요. 이날도 토론은 치열했어요. 먼저 말을 꺼낸 것은 아인슈타인이었답니다. "최근에 의문을 하나 갖게 되었는데, 나로선 풀기 어려운 과제야." 그렇게 시작된 토론은 물리학의 여러 모순점을 집중적으로 파고들었습니다. 그러나 해결책은 끝내 떠오르지 않았어요. 귀가하기 전에 결국 아인슈타인은 이렇게 내뱉었습니다. "나는 지난 7년간 정말이지 최선을 다했어. 하지만 해결책이 보이질 않아. 아무런 소득도 없어. 이제 그만 포기할래." 침통한 항복 선언이었습니다. 정말이지 무릎을 꿇어야 할 시간이 온 것입니다. 모든 의욕을 상실한 아인슈타인은 쓸쓸한 뒷모습을 남기며 집으로 돌아갔습니다.

그 밤이
지나고

다음 날 아침, 누군가 베소의 집 문을 두드렸습니다. 문을 열어 보니 다시 아인슈타인이었어요. 그는 인사도 생략한 채 베소에게 이렇게 말했습니다. "고마워. 덕분에 그 문제가 완전히 풀렸어."

전날 밤 침통하게 항복 선언을 했던 아인슈타인. 그가 바로 다음 날 아침에는 화려한 승리 선언을 했습니다. 간밤에 무슨 일이 있었던 걸까요? 그건 아무도 모릅니다. 베소도 어리둥절할 수밖에 없었지요. 자신은 아인슈타인과 함께 헤맸을 뿐, 특별한 말이나 아이디어를 제시하지 않았으니까요. 아인슈타인은 어안이 벙벙한 베소에게 이렇게 덧붙였다고 해요. 자신은 동시라는 게 무엇인지, 지금이라는 게 무엇인지를 드디어 알게 되었다고. '동시'라니? '지금'이라니? 이게 무슨 소리일까요?

전날 베소와의 토론을 마치고 아이슈타인은 완전히 포기를 했었습니다. 그렇게 마음을 비운 덕분에 도리어 기발한 아이디어가 떠올랐던 걸까요? 아니면 집으로 돌아와 아내와 아기를 보며 새로운 원기를 얻었던 걸까요? 그건 모르겠습니다. 하지만 한 가지는 확실합니다. 그는 간밤에 새로운 세계를 발견하였습니다. 그것은 지금이 1초이자 동시에 0.4초이고, 또 동시에 0.2초인 세계였습니다. 지금이 여러 개인 세계를 보아 버린 것입니다.

　이런 희한한 세계를 발견할 수 있었던 것은, 이번에도 상상 실험 덕분이었습니다. 그가 평소에 즐겨 하던 기차-번개 실험, 그 상상 실험을 광속 미스터리와 포갠 순간 기적이 찾아온 것입니다. 그것은 시간이 지연되고 거리가 단축되는 세계였습니다. 듣고 보니 로런츠의 가설과 많이 닮았죠? 그렇지만 아인슈타인의 우주는 그보다 더 황당하고, 더 경이로웠답니다. 이제부터 여러분을 그날 밤 아인슈타인의 머릿속으로 안내하겠습니다.

번개,
기차를 때리다

5장

기차-번개

상상 실험

그날 밤 아인슈타인의 머릿속에서는 기차-번개 상상 실험이 펼쳐졌습니다. 우선 이 실험을 위해 특수 제작된 기차부터 알려 드리죠. 이 기차는 무지하게 깁니다. 동시에 양쪽 끝을 다 볼 수 없을 정도로 길어요. 기차의 맨 앞과 맨 뒤에는 반사경이 하나씩 달려 있습니다. 기차 정중앙의 좌석에는 아인슈타인이 타고 있고요. 사방이 어두컴컴한 한밤중, 이 특수 기차가 저 멀리서 달려오고 있습니다. 곧장, 그리고 일정한 속도(초속 30km)로 말이죠. 한편 이 기차를 바라보고 있는 사람이 있었으니, 그는 바로 당신입니다! 달려오던 기차는 당신 앞을 순식간에 지나갔습니다. 그런데 그 직전, 기차의 정중앙 부분이 당신의 앞을 스쳐 지나가는 순간, 번개가 번쩍 쳤습니다. 번개의 빛은 기차 맨 앞과 맨 뒤의 반사경을 때렸지요. 그리고 반사

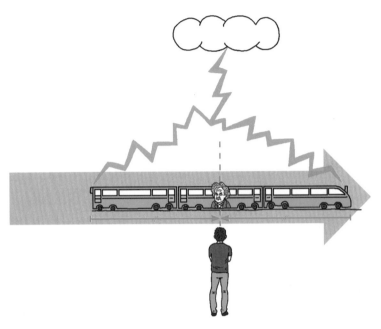

번개가 기차의 양 끝을 때렸다.

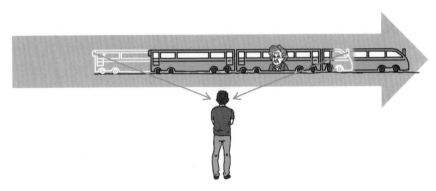

잠시 후, 두 광선이 당신에게 도착했다. 그 사이 기차는 우측으로 이동했다.

경에서 반사된 두 줄기 광선은 당신에게 '동시에' 도착했어요. 자, 여기서 퀴즈 들어갑니다. 번개가 기차의 맨 앞과 맨 뒤 중 어디를 먼저 때렸을까요? 잠시 생각해 보시겠어요? 그럼 답을 발표하겠습니다.

번개는 기차의 맨 앞과 맨 뒤를 동시에 때렸다.

왜? 우선, 번개는 기차의 맨 앞과 맨 뒤를 때렸습니다.(기차가 너무 길어서 동시에 쳤는지는 확인할 수가 없었어요.) 그리고 두 광선은 같은 거리를 달려 당신에게 '동시에' 도착했습니다. 그러니까 번개가 기차의 맨 앞과 맨 뒤를 '동시에' 친 것이 맞죠.

자, 여기서 두 번째 퀴즈! 기차의 정중앙 좌석에 앉아 있던 아인슈타인은 어떨까요? 그도 번개가 기차의 양 끝을 동시에 때렸다고 판단할까요? 아마도 이번 퀴즈는 시간이 좀 더 필요할 겁니다. 책을 덮고 잠시 생각을 해 보아도 좋겠지요. 자, 이제 충분히 생각하셨나요? 그럼 답을 발표하겠습니다. 네, 답은 "그렇지 않다."입니다.

왜? 두 광선이 아인슈타인에게 동시에 도착하지 않았기 때문이죠. 기차가 달리고 있지 않았습니까? 당연히 아인슈타인은 앞에서 날아오는 광선 쪽으로 다가갔지요. 반면, 뒤에서 날아오는 광선으로부터는? 멀어졌습니다. 그 결과 앞쪽 광선이 먼저 도착하고 뒤쪽 광선은 나중에 도착한 겁니다. 그는 분명히 기차의 정중앙 좌석에 앉아 있었고요. 따라서 그는 번개가 앞쪽을 먼저 때리고, 뒤쪽을 나

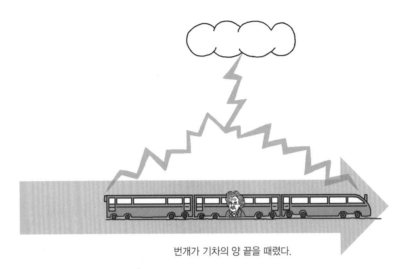

번개가 기차의 양 끝을 때렸다.

잠시 후, 앞쪽 광선이 아인슈타인에게 도착했다.
그 사이 아인슈타인은 기차와 함께 우측으로 이동했다.

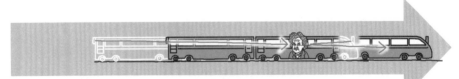

조금 뒤, 뒤쪽 광선이 아인슈타인에게 도착했다.
앞쪽 광선은 이미 아인슈타인에게 반사되어 다시 멀어져 가고 있다.

중에 때렸다고 결론짓습니다.

여기서 한 가지 주의할 것이 있습니다. 당신이 보셨다시피, 이 기차는 분명히 달리고 있었습니다. 하지만 아인슈타인은 전혀 그렇게 생각하지 않습니다. 자신이 탄 기차가 정지 중이라고 생각하지요. 왜? 기차가 곧장, 일정한 속도(초속 30km)로 달리고 있었으니까요. 아직 잊지 않으셨죠? 심오한 버전의 상대성 원리!

어떤 물체가 등속 직선 운동을 하면, 그 안에서는 정지 중인지, 이동 중인지 알 수가 없다. 정지 상태와 똑같기 때문이다. 그 물체 안에서는 어떤 실험이나 관찰을 해도 정지 상태와 차이가 없다.

지금 기차는 곧장, 일정한 속도로 이동 중입니다. 한마디로 등속 직선 운동 중이지요. 그러니까 아인슈타인은 자신이 탄 기차가 정지 중이라고 느낍니다. 사방이 어두컴컴한 한밤중이니 더 그렇게 느낄 수밖에요. 그런데 앞쪽 광선이 먼저, 뒤쪽 광선은 나중에 도착했잖아요. 기차의 정중앙에 앉아 있는 자신에게 말이죠. 따라서 번개는 기차의 앞쪽을 먼저 쳤고 뒤쪽을 나중에 쳤다, 이렇게 판단하는 겁니다.

자, 이제 다시 한번 묻겠습니다. 과연 번개는 기차의 양 끝을 동시에 때렸을까요? 당신은 "그렇다."라고 대답합니다. 하지만 아인슈타인은 "그렇지 않다."라고 대답하지요. 같은 사건을 두고 당신과 아인슈타인은 의견이 갈립니다. 당신에겐 '동시'인 사건이 기차의 승객에겐 '동시'가 아닌 것입니다. 그뿐만이 아닙니다. 이 상황을 몇 번이고 곱씹어 보면 '지금'이 하나가 아니라 여러 개라는 것도 깨닫게 됩니다. 아인슈타인이 이 두 가지 깨달음에 도달한 순간, 광속 불변의 미스터리가 단박에 풀려 버렸습니다.

하지만 여러분은 이게 뭔 소린가 싶으시죠? 심지어는 이렇게 항변하고 싶은 분들도 계실 겁니다. "그렇지 않아. 번개는 '실제로' 기차 양 끝을 동시에 때렸어. 이게 분명한 사실이라고! 다만 기차가 이동했기 때문에 아인슈타인에겐 앞쪽 광선이 먼저 도착했을 뿐이야. 물론 그가 왜 잘못 판단했는지는 이해가 돼! 그는 등속 직선 운동 중이라, 자기가 정지하고 있다고 착각을 했지. 그런 탓에 '사실'과는 다른 판단을 내리고 만 거야."

진짜
동시였을까?

충분히 그렇게 생각할 만합니다. 그리고 대부분의 사람들은 당신의 의견에 동의할 겁니다.

하지만 아인슈타인의 생각은 달랐어요. 그는 쉬운 상대성 원리를 잊지 않고 있었거든요. 혹시 쉬운 버전의 상대성 원리, 기억하고 있나요?

속도는 상대적이다. 무엇을 기준으로 삼느냐에 따라 속도는 달라진다. 절대 속도란 없다.

여기서 잠깐 한 가지 사실을 상기시켜 드려야 할 것 같네요. 우리는 지금까지 지구인의 입장에서만 이야기해 왔다는 사실을요. 그러다 보니 여러분 중에는 무의식중에 "지구는 진짜 정지 중!"이라고 착각한 사람이 있지 않을까 싶습니다. 그러나 만일 태양을 기준으로 삼는다면 어떨까요? 태양에서 관측할 때 지구는 초속 30km로 고속 이동 중입니다. 당신 역시 지구에 실려 초속 30km의 속도로 이동 중이지요. 그럼 얘기가 어떻게 됩니까? 당신은 광선이 날아오는 동안 지구에 실려 이동을 했습니다. 만일 지구의 이동 방향이 기차의 주행 방향과 동일했다면? 그렇다면 당신은 앞쪽 광선을 향해 다가간 것입니다. 초속 30km로요. 뒤쪽 광선에 대해서는? 초속 30km의 속도로 멀어졌지요. 결국 당신이 이동을 했는데 두 광선이 당신에게 동시에 도착한 겁니다. 그러니까 번개가 기차의 양 끝을 동시에 때렸을 수는 없습니다.

좀 더 놀라운 상상을 해 보겠습니다. 만일 이 기차가 지구의 공전 방향과 반대로 이동했다면? 그럴 경우, 태양에서는 이 풍경이 어떻게 보일까요? 다음 페이지의 그림을 보시죠. 우선, 지구는 초속 30km로 왼쪽으로 이동 중입니다. 그럼 기차는? 당연히 정지 중인 것으로 관측되지요. 왜? 지구와 속도는 같으면서(초속 30km) 방향은 정반대니까요. 따라서 정지 중인 것은 도리어 기차입니다. 그런데 두 광선이 아인슈타인한테 동시에 도착하지 않았잖아요. 그러니까 옳았던 것은 아인슈타인의 판단입니다. 번개는 기차의 양 끝을 동

번개가 기차 맨 앞을 때렸다. 기차의 뒤쪽에는 번개가 아직 닿지 않았다.

지구의
공전 방향

잠시 후, 앞쪽 광선이 아인슈타인에게 도착했다.
뒤쪽 광선은 아직 아인슈타인을 향해 날아가는 중이다.

지구의
공전 방향

시에 때리지 않았습니다.

　이처럼 기준을 무엇으로 잡느냐에 따라 모든 게 달라집니다. 같은 사건이라도 일어난 순서가 달라지는 겁니다. 금성이나 화성을 기준으로 잡으면 또 달라지지요. 이뿐만이 아닙니다. 기차의 주행 방향이 조금이라도 틀어지면 또 달라집니다. 지구의 공전 방향에서 30° 벗어난 방향이었다면? 45° 아래나 70° 위로 달렸다면? 이외에도 다른 경우가 수도 없이 많을 겁니다. 저는 이런 상황을 끝도 없이 늘어놓을 수 있습니다. 무한히 읊어 댈 수 있지요. 아마 아인슈타인도 밤새 이런 놀이를 했을 겁니다. 토성에서 보면 어떨까? 태양계 밖에서 보면? 그러다 어느 한순간, 이런 결론에 도달했죠. 내게 '동시'인 사건이 다른 사람에겐 동시가 아닐 수 있다! 관측자마다 '지금' 일어난 사건이 다를 것이다! 따라서 '지금'은 한 개가 아니라 여러 개, 아니 무한개일 수 있다!

　이제 아인슈타인의 상상 실험이 깔끔하게 이해되시나요? 이해가 될 듯 말 듯하다고요? 그러면서 머리가 지끈거린다고요? '지금'이 아니라 '머리'가 무한개로 쪼개지는 것 같다고요? 네, 알겠습니다. 사실 이야기하는 저도 머리가 살살 아파 옵니다.

　이런 것을 보면 아인슈타인은 참 대단한 사람입니다. 그도 지구인인데, 어떻게 지구인의 착각에서 벗어날 수 있었을까요? 그건 그렇고, 그럼 우린 어떻게 하죠? 우리같이 평범한 지구인들은 아인슈타인의 깨달음을 맛볼 수 없는 걸까요? 다행히도 그렇지는 않습니다.

왜냐하면 우리는 21세기인들이기 때문입니다. 당시보다 100년도 더 지난 미래에 살고 있지요. 지금은 인공위성과 우주선이 마구 날아다니는 우주 시대가 아닙니까? 공상 과학 영화들은 또 얼마나 많이 봤습니까? 그래서 우리는 아인슈타인보다도 더 쉽게 깨달을 수 있답니다. 지구에 갇혀 기차나 번개에 의존하지 않아도 되니까요.

여러분은 두 가지만 하시면 됩니다. 첫째, 두통을 가라앉히고 마음을 편히 가지세요. 둘째, 저의 손을 잡고 캄캄한 극장에 들어가 공상 과학 영화를 한 편 감상해 주세요. 그러면 끝입니다. 영화의 제목은 「빛 시계로 첨단 실험을!」이에요. 이 영화의 원작자는 아인슈타인이고요, 각색은 제가 맡았지요. 내용이 뭐냐 하면…… 이크! 벌써 상영 시간이 되었네요. 불이 꺼지고 스크린에는 이미 광활한 우주 공간이 가득 펼쳐져 있습니다.

당신을 위한
상상 실험

6장

빛 시계로
첨단 실험을!

우주선이 2대 있습니다. 이름은 직녀호와 견우호. 각각의 우주선에는 빛 시계가 1대씩 실려 있어요. 이것은 최대한 정밀하게 시간을 측정하기 위한 첨단 시계랍니다. 첨단 시계라고 해도 원리는 보통 시계랑 똑같습니다. 시계란 간단히 말해서 동일한 시간 간격을 표시해 주는 물건입니다. 세상에 별별 첨단 시계가 다 나와도 시계의 원리는 다 똑같지요. 집에 있는 벽시계들도 마찬가지고요. 아시다시피 벽시계에는 시계추가 달려 있습니다. 시계추가 왼쪽으로 갔다가(똑!) 오른쪽으로 돌아오면(딱!) 1초가 지난 것입니다. 갔다가 원래 자리로 돌아오는 시간, 이 주기는 늘 동일해요. 그러니까 시간의 간격은 늘 똑같은 거지요.

빛 시계도 원리는 똑같습니다. 다만 벽시계보다 훨씬 더 정확하답니다. 그러니까 첨단 시계죠. 사실 벽시계의 추는 왕복 주기가 완벽히 같지 않습니다. 온도나 습도 등에 따라서도 조금씩 달라지고요. 시간이 갈수록 점점 더 부정확해지지요. 그래서 마련한 게 바로 빛 시계입니다. 시계추 같은 쇳덩어리가 왔다 갔다 하는 게 아니라, 빛이 왔다 갔다 합니다. 원통의 바닥과 천장을 왕복하지요. 광속은 늘 초속 30만km니까 이 시간 간격이 틀릴 수는 없어요.

바닥에서 천장까지의 거리는 30만km. 빛이 바닥에서 출발해 천장에 도달하면 1초가 되고, 거기서 바닥까지 되돌아오면 또 1초가 지나 2초가 됩니다. 천장과 바닥에는 반사 거울이 붙어 있어요. 그래서 빛은 계속 상하 왕복 운동을 하지요. 이렇게 계속 반사되면서 1초, 2초, 3초…… 시간이 흐릅니다.

직녀호와 견우호에는 벽시계도 1대씩 넣었습니다. 좀 더 완벽을 기하기 위한 보완 조치랍니다. 이 4개의 시계는 출발 전에 정밀하게 일치시켜 두었지요.

박사님의
호출

우주선 2대가 지구에서 출발해 시간이 한참 흘렀습니다. 사방이 온통 컴컴해서 보이는 것이라곤 상대쪽 우주선뿐이에요. 그때 지구의 관제탑에서 직녀호와 견우호를 호출하였습니다.

 직녀호와 견우호, 각자 상황을 보고하라.

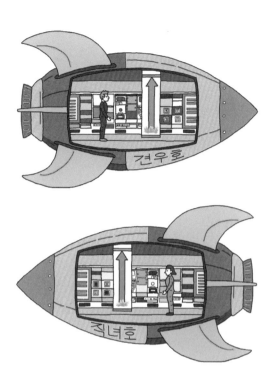

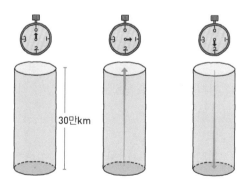

30만km

모든 게 정상입니다.

직녀호, 근처에 견우호가 보이는가?

네! 일정한 속도로 제 쪽으로 접근 중입니다.

견우호는 어떤가?

저도 직녀호가 보입니다. 제 쪽으로 이동하고 있어요. 저는 정지 중이고요.

서로 상대방이 접근 중이라 이거지? (둘 다 등속 직선 운동 중이군.) 좋다. 각자 임무는 잘 알고 있겠지?

네!

(잠시 후)

직녀호, 지금 상황을 보고하라.

네. 견우호가 방금 제 앞을 지나갔습니다.

촬영은 지시 받은 대로 했겠지? 그럼 먼저 직녀호 내의 상황부터 보고하게.

네. 빛 시계의 빛이 바닥에서 상승해 천장에 도착한 순간, 벽시계도 1초를 가리켰습니다.

좋군. 그럼 광속은?

당연히 초속 30만km죠. 1초에 30만km를 갔으니까요.

그 순간 견우호 내의 상황도 촬영했겠지? 어떻던가?

거기서도 빛은 1초에 30만km를 날아갔습니다. 다만, 바닥에서 발사된 빛이 아직 천장에 도달하지 않았어요. 직녀호에선 천장에 도착한 시점에 말이죠.

직녀호에서 본 견우호

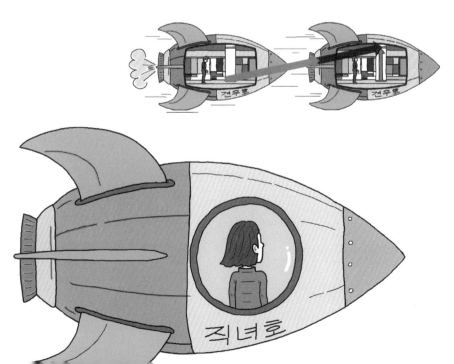

🧑‍🦱 왜 그랬지?

👧 견우호가 이동 중이었기 때문입니다. 빛이 수직이 아니라 비스듬히 상승하더라고요.

🧑‍🦱 빛이 1초에 30만km를 이동했지만, 비스듬히 올라가서 천장에 닿지 못했다? 그 순간, 견우호의 벽시계는 어떻더냐?

👧 0.6초를 가리켰어요.

🧑‍🦱 그럼 견우호의 광속은?

👧 0.6초에 30만km를 이동했으니 초속 50만km네요.

🧑‍🦱 우와, 광속이 엄청 빨라졌네!

👧 그러게요. 신기하네요.

🧑‍🦱 견우호! 지금 직녀랑 나눈 대화, 잘 들었겠지?

👦 네. 재미있게 잘 들었죠.

🧑‍🦱 재미있었다고?

👦 네, 보고가 완전히 거꾸로더라고요. 사실 제 우주선 안의 빛시계와 벽시계는 모두 정상이었습니다. 빛이 비스듬히 상승

한 쪽은 오히려 직녀호였어요.

그럼 견우호에서 1초가 되었을 때, 직녀호의 벽시계는 어떻던가?

0.6초밖에 안 되었더라고요.

직녀호의 빛은?

제 쪽에서 1초 지났을 때, 직녀호의 빛이 비스듬히 상승하며 30만km를 날아가더라고요. 0.6초에 30만km니까 직녀호의 광속은 초속 50만km나 됩니다. 무지하게 빨라졌어요.

정말 직녀호와 정반대로 보고하는군. 두 사람 다 촬영한 영상을 이쪽으로 보내 주게.

누가
맞는 걸까?

영상을 꼼꼼히 확인해 봤다. 두 사람의 보고와 정확히 일치하더구나. 그렇지만 서로 내용이 정반대야. 어느 쪽이 맞는 걸까?

박사님께서 영상을 비교하시는 동안, 생각을 해 봤습니다.

그러면서 점점 이상한 생각이 들더라고요.

이상한 생각?

망설여지긴 하는데요. 견우호에서도 광속은 역시나 초속 30만km로 측정된 게 아닐까 하는…….

뭐야? 직녀, 아까랑 얘기가 다르잖아.

무…… 물론 그랬었지. 네 빛 시계의 빛이 30만km를 이동한 순간, 네 벽시계가 0.6초를 가리켰거든. 당연히 초속 50만km로 측정되었을 거라고 생각했지. 그런데 내가 찍은 영상들을 좀 더 살펴보니 생각이 바뀌더라.

생각이 바뀌었다? 오호! 계속 얘기해 보렴.

조금 뒤 견우호의 벽시계가 1초를 가리킨 순간 빛이 정확히 천장에 도착했더라고요.

아하! 그래서?

그러니까 견우호에서도 빛의 속도는 초속 30만km인 셈이죠.

놀라운 발견을 했구나. 참 잘했다, 직녀야.

대단한데! 어떻게 그런 생각을 했지? 박사님, 직녀 천재인가 봐요.

하하하. 그런 것도 같구나. 견우야, 넌 뭐 할 얘기 없니?

직녀 얘기를 듣다가 생각난 건데요. 아까 직녀가 그랬잖아요. 제 빛 시계의 빛이 비스듬히 30만km 상승했을 때 벽시계는 0.6초를 가리켰다고요.

그랬었지.

직녀호에서 바라본 견우호의 상황

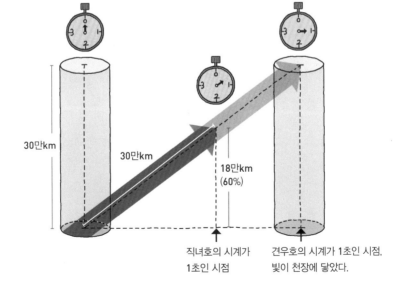

30만km

30만km

18만km
(60%)

직녀호의 시계가
1초인 시점

견우호의 시계가 1초인 시점,
빛이 천장에 닿았다.

직녀야, 그때 내 빛 시계의 빛은 높이가 어땠었니? 네가 찍은 영상으로 확인해 줘.

빛의 높이라⋯⋯. 네 빛 시계의 60%만큼 상승했네.

바로 그거야. 박사님, 직녀에게는 제가 탄 견우호가 이동 중이라고 관측되었어요. 그러니 제 빛 시계의 빛이 비스듬히 상승한 것으로 보였을 수밖에요.

직녀에게야 당연히 그렇게 보였겠지.

그리고 직녀가 찍은 영상에 따르면, 그 빛이 빛 시계 높이의 60%만큼 상승했죠. 빛 시계의 높이가 30만km니까 60%면 결국 18만km, 즉 빛이 18만km 상승했다는 거잖아요? 그 순간 벽시계는 0.6초를 가리켰고요. 그러니까 $\frac{18만km}{0.6초}$＝초속 30만km인 거예요! 조금 뒤 빛이 천장에 도착한 순간에는 벽시계가 1초를 가리켰어요. 따라서 광속은 이번에도 $\frac{30만km}{1초}$ ＝초속 30만km죠.

음⋯⋯ 생각해 보니 정말 그러네! 와, 견우에게 이런 예리한 구석이!

헤헤, 뭘 이 정도 가지고.

박사님, 그런데 문제가 하나 있는 거 같아요.

어떤?

견우호에
문제 있다?

제 시계로 1초 지났을 때, 견우호의 벽시계는 아직 0.6초밖에 안 지났잖아요? 빛도 빛 시계의 60% 높이밖에 올라가지 못했고요. 그럼 견우호는 시간 전체가 느려진 것 아닐까요? 물론 견우는 이 사실을 몰랐을 거예요. 자기 우주선의 빛 시계와 벽시계가 똑같이 느려졌으니까요.

아하! 견우호도 광속은 똑같이 측정되었다, 하지만 '진짜로' 옳은 것은 직녀호 쪽이다, 견우호는 시간 자체가 느려졌으니까. 대략 이런 얘기니?

네.

너희들 혹시 기억나니? 지구에서 함께 공부했던 상대성 원리 말이야.

상대성 원리요? 그게 지금 얘기랑 무슨 상관이 있지요? 아하!

잠깐만요, 박사님! 저도 뭔가 알 거 같아요.

오, 견우. 또 뭔가 번뜩였구나. 이번엔 뭐냐?

제가 볼 때는 분명히 직녀호가 이동 중이었어요. 그래서 제게는 직녀호의 빛이 비스듬히 상승하는 것으로 관측되었어요. 하지만 직녀에겐 반대였어요. 제가 탄 견우호가 이동 중이라고 관측되었죠. 결국 저희는 서로 상대 운동 상태였던 거예요. 그러니까 저도 옳고, 직녀도 옳은 것 같습니다.

둘 다 옳다니, 어떻게 그럴 수 있을까?

박사님, 그건 제가 말씀드려 볼게요. 직녀호에서도, 또 견우호에서도 자기 우주선의 빛은 분명히 수직으로 오르내렸어요. 반면, 상대방의 빛은 비스듬히 오르내리는 것으로 관측되었지요. 그러니까 상대방의 시간이 느리게 흐를 수밖에요. 촬영한 영상을 봐도 틀림없이 그렇고요.

서로 상대방의 시간이 느리게 흘러갔다, 이거지? 그런데도 각자 측정한 광속은······.

똑같이 초속 30만 km 예요!

껄껄껄, 두 사람 다 잘했다. 함께 대화를 나누다 보니 미스터리가 풀리는구나!

정말 신기해요. 여전히 얼떨떨하긴 하지만요.

마지막으로 한 가지만 묻자꾸나. 견우야, 네 시계로 1초일 때 직녀호의 빛은 얼마나 이동했니?

비록 비스듬하게 상승하긴 했지만, 아무튼 날아간 거리는 30만km였어요.

직녀 너는 어땠니?

저도 같아요. 제 시계로 1초일 때 견우호의 빛이 비스듬하게 30만km를 이동했죠. 처음에 보고드렸던 것처럼요.

두 사람 다 상대방의 빛이 1초에 30만km 이동했다 이거지? 그럼 빛의 속도는 누가 측정해도 똑같은 거로구나. 동일한 빛을 가까이서 관측하든, 아주 멀리서 관측하든 말이야.

우와! 정말 그러네요. 너무 신기해요.

내가 볼 땐 너희가 더 신기하다. 지금까지 우리가 이야기한 거, 내가 지구에서 다 설명해 주지 않았니? 그땐 이해도 잘 못하고 그렇게들 졸더니…… 아무튼 잘들 이해한 것 같아 흐뭇하구나. 우주에 나가니 둘 다 딴사람이 된 거 같네.
이제 지구에서 배웠던 특수 상대성 이론을 종합적으로 복습할 때가 된 거 같구나.

보…… 복습요?

그래. 광활한 우주 공간에서 듣는 특수 상대성 이론 특강! 그 나름대로 분위기 있지 않겠니? 지금까지 대화를 나누면서 깨달은 바도 많고 말이야.

그래도 이 멀리까지 나와서 복습이라니요.

그래서 싫다는 거냐?

아, 아니요. 더욱 좋다는 거죠. 얼른 해 주세요.

…….

아이, 왜 그러세요, 박사님. 이렇게 기대하고 있잖아요. 너도 그렇지?

맞아요, 박사님. 어…… 어서 해 주세요!

마지못해 듣는
특수 상대성 이론 특강

음, 그렇다면 잠깐 해 볼까? 일단, 방금 우리가 도달한 결론부터 확인해 보자꾸나.

상대 운동 중에는 서로 상대의 시간이 느리게 흐른다고 관측된다.

이렇게 되면 광속 불변의 미스터리가 풀려 버리지. 내가 관측할 때, 나는 정지 중이고 상대방은 이동 중이야. 그런데 둘 다 광속은 초속 30만km로 측정되지. 왜 그러냐? 우선 내 쪽은, 빛이 1초에 30만km를 갔어. 그러니까 광속은 초속 30만km지. 반면, 이때 상대방의 시간은 0.6초밖에 안 흘렀어. 그렇지만 여기서도 광속은 초속 30만km로 측정돼. 왜냐하면 빛이 빛 시계의 60% 높이만큼만 상승했기 때문이지. $\frac{18만km}{0.6초}$＝초속 30만km. 결국 광속은 정지 중인 자기가 측정해도, 또 이동 중인 상대방이 측정해도 같아. 또한 상대방의 빛도 내 시계로 1초 만에 30만km를 이동해. 물론 비스듬히 상승하긴 하지만 이동 거리 자체는 분명히 30만km지. 그러니까 어떤 빛을 관측하든, 또 어떤 상태에서 관측하든 광속은 늘 초속 30만km야.

광속은 측정자의 운동 상태와 무관하게 늘 똑같다. 광속 불변!

이번엔 '지금'과 '동시' 이야기를 해 주마. 너희들이 지구에서 그렇게도 이해를 못하던 주제지. 빛 시계의 빛이 천장에 도달한 순간 직녀에게 '지금' 시간은 1초야. 벽시계도 그랬고. 그런데 그 순간 견우호의 빛은 아직 60%밖에 상승하지 못했어. 그래서 견우에겐 '지금' 시간이 0.6초지. 실제로 벽시계도 0.6초였고. 만일 주변에 다른 우주선이 또 있었다면 어떨까? 그 우주선은 속도가 달라서 빛이 70% 높이만큼 상승했다면? 그럼 그 우주선의 시간은 0.7초인 거지. 이렇듯 지금이라는 시간은 1초이면서, 0.6초이면서, 0.7초일 수 있는 거야. 경우에 따라선 무한개일 수도 있고 말이야.(아, 난 왜 이렇게 설명을 잘하는 거지!)

'지금'이라는 시간은 하나가 아니라 여러 개일 수 있다.

'동시'도 그래. 견우에겐 자기의 벽시계가 1초를 가리킨 일과, 직녀호의 빛이 60% 상승한 일이 동시에 발생했어. 하지만 직녀에겐 달라. 직녀에겐 직녀호의 빛이 60% 상승한 일과 자기의 벽시계가 0.6초를 가리킨 일이 동시에 발생했지. 이렇듯 두 사람이 경험한 동시의 내용은 서로 달라. 하지만 둘 중에 틀린 사람은 없어. 견우와 직녀, 둘 다 옳지.

내겐 동시인 두 사건이 다른 사람에겐 동시 사건이 아닐 수 있다.

이렇듯 상대방은 나랑 모든 게 달라진단다. 우선, 상대방의 시간이 느리게 흐르지. 너희가 서로 상대측의 시간이 느리게 흐른다고 관측했듯이 말이야. '지금'과 '동시'에 대해서도 서로 달라. 그래서 상대방이 보내 오는 정보도 모두 달라져 버린단다. 자, 그렇다면 어떻게 해야 할까? 바로 이 문제가 이번 특강의 마지막 주제야.

음, 이건 실제 사례를 가지고 얘기해 볼까? 자동차 내비게이션 있잖니? 그게 다 인공위성에서 보내 오는 정보 덕분에 가능한 거거든. 그런데 원래는 말이야, 인공위성에서 보내 오는 정보를 그냥 쓰면 안 돼. 왜냐고? 인공위성이 빠른 속도로 지구 주위를 돌고 있기 때문이야. 초속 4km, 시속으로는 1만 4400km로 말이야. 그래서 지구에서 볼 때 상대방(인공위성)의 시간은 느려지지. 당연히 시계도 느리게 가고. 그러니 거기서 전송해 주는 시간 정보가 안 맞을 수밖에. 그럼 어떻게 해야 할까? 간단해. 인공위성의 시계를 조금 빨리 가도록 해 두면 돼. 지구의 시간과 일치하도록 미리 보정을 해 주는 거지. 그 덕분에 우리는 인공위성이 보내 오는 정보를 그냥 쓰면 된다는 말씀! 어때, 실제 사례를 들으니 더 실감이 나지?(오늘 강의 좀 되네! 흐뭇해라. 사실은 일반 상대성 이론의 효과도 함께 보정해 줘야 하지만, 그 얘기까지 하면 얘들 머리에 쥐가 날지도 몰라.)

이것으로 특수 상대성 이론 특강을 마치겠다. 지루했을 텐데, 끝까지 들어 주어 고맙구나. 이번 우주 여행은 정말 기대 이상이었어. 너희들도 특수 상대성 이론을 잘 이해하게 되어 기뻤지? 지구에 귀환하면 과학 공부를 전보다 더 열심히, 더 즐겁게 하길 바란다. 혹시 지금까지 한 얘기 중에 궁금한 거 없었니?

 …….

 질문 없니?

 …….

 윽, 또 잠들어 버린 건가?

특수 상대성
이론의 세계

7장

황금 열쇠를
돌려라!

기차-번개 상상 실험! 그것이 밝혀낸 시간의 진실은 경이로웠습니다. 지금이 하나가 아니라 여럿이며, 내겐 동시인 사건이 상대방에겐 동시가 아닐 수도 있었지요. 이야기가 너무 신비주의적인 것 같다고요? 하지만 그의 논리에는 하자가 없었습니다. 등장하는 것도 기차와 번개, 그리고 사람뿐이고요. 아주 평범한 상황이지요. 이이외에 어떤 기이한 사건이나 신비로운 물질도 안 나옵니다. 사건이라고 해 봤자 번개가 치는 자연 현상뿐이고요. 따라서 아인슈타인이 발견한 '지금'과 '동시'의 모습은 특별한 사태가 아닙니다. 세상이 생겨난 이래 지금까지 언제나 그래 왔던 것이지요. 다만 하도 기이해서 그 이전에 누구도 발견하지 못했을 뿐입니다.

21세기인인 여러분을 위해 제가 각색한 빛 시계 실험도 보았습니다.(내용은 기차-번개 상상 실험과 똑같습니다.) 거기서 직녀와 견우는 서로 상대방의 시간이 느려지는 것을 관측했지요. 그러면서도 두 사람이 측정한 광속은 똑같아야 했고요. '광속 불변'과 '상대방의 시간 지연', 이 결론은 오랜 고투에 대한 값진 보상이었습니다. 놀랍고도 감격스러운 선물이었지요. 아인슈타인은 이 두 가지 결론을 소중하게 어루만져 보았습니다. 그러다 어느 순간! 소스라치게 놀라고 말았어요. 그 두 가지 결론이 글쎄, 황금 열쇠였던 겁니다. 도저히 풀릴 것 같지 않던 문제들이 이 열쇠를 꽂고 돌리자마자 단박에 '촤르르르' 해결되었지요. 이 황금 열쇠 덕분에 아인슈타인은 마침내 특수 상대성 이론을 창시하게 되었답니다. 과연 어떻게 그런 일이 생겨났는지, 순은 차에게 설명을 부탁해 보겠습니다.

4장에서 등장했던 순은 차와 황금 차가 이번에도 빛과 레이스를 펼칩니다. 순은 차의 속도는 광속의 60%(18만km)였지요. 내가 광선총을 발사하고, 그와 동시에 순은 차가 질주했습니다. 1초 후, 빛은

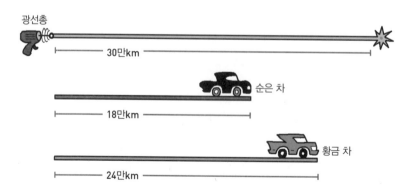

30만km를 달렸고, 순은 차는 18만km를 달렸어요. 내 스피드 건을 보니 광속은 역시나 초속 30만km로 찍혔습니다. 그럼 순은 차의 스피드 건은 어떨까요? 1초 뒤 빛과 순은 차의 거리는 12만km.

$$\frac{12만km}{1초} = 초속\ 12만km$$

네, 초속 12만km라고 찍혀야 합니다. 하지만 순은 차의 스피드 건에는 초속 30만km가 버젓이 찍혀 있었지요. 이것이 바로 잘 아시는 '광속 미스터리'입니다.

기차-번개 상상 실험을 마친 아인슈타인. 그는 더 이상 이 미스터리 앞에서 헤매지 않았습니다. 그저 조용히 첫 번째 열쇠를 꽂았지요. "광속 불변: 광속은 누가 측정해도 동일해야 한다." 따라서 순은 차가 측정한 광속도 초속 30만km여야 합니다. 그러면 등식은 이렇게 변합니다.

$$\frac{12만km}{1초} \neq 초속\ 30만km$$

보시다시피 등식이 깨져 버렸습니다. 그렇지만 아인슈타인은 당황하지 않고 두 번째 열쇠를 꽂았습니다. "상대방의 시간 지연: 상대방의 시간은 나보다 느리게 흐른다."

가령 순은 차처럼 광속의 60%로 달리면 시간은 내가 측정한 시간의 0.8배밖에 안 흐릅니다. (왜 0.8배가 되는지는 조금 뒤에 알려 드릴게요.)

내게 1초가 지났으니, 순은 차의 시간은? 그렇죠. 0.8초가 지났을 겁니다. 시간을 바꿔 주어야겠네요.

$$\frac{12만km}{0.8초} \neq 초속\ 30만km$$

여전히 등식이 성립되지 않네요. 좌변을 계산해 보면 초속 15만km가 나오니까요. 이젠 어떻게 해야 할까요? 답은 그리 어렵지 않습니다. 빛 시계 실험에서 확인하지 않았습니까? 어떤 상황에서도 광속은 불변이어야 하고, 상대방의 시간은 느리게 흘러야 하지요. 따라서 광속은 초속 30만km가 맞고, 흐른 시간은 0.8초가 맞습니다. 그렇다면 등식이 성립되기 위해서는 분자 즉, 빛과의 거리가 바뀌어야 합니다. 이 거리가 얼마면 완벽한 등식이 될까요? 네, 24만km입니다.

$$\frac{24만km}{0.8초} = 초속\ 30만km$$

비로소 등식이 성립되었습니다. 이제 모든 것이 제대로 되었네요. 마침내 광속 미스터리가 풀려 버린 겁니다. 허무할 정도로 간단하다고요? 하하하! 그것이 바로 특수 상대성 이론의 위력이지요. 어리둥절하실 테니 잠시 결과를 정리해 보겠습니다. 내 시계로 1초가 된 순간, 순은 차의 스피드 건에는 빛의 속도가 초속 30만km로 찍혀 있었습니다. 그러니까 내 시계로 1초가 되었을 때, 빛은 순은 차로부터 30만km 떨어져 있어야 합니다. 그런데 방금 도달한 공식에서는 어땠습니까? 순은 차에게는 0.8초가 흘렀고 빛은 24만km 떨어져 있었죠. 내겐 1초가 지났지만 순은 차에게는 0.8초밖에 안 흐른 것입니다.(시간 지연) 빛과 순은 차의 거리도 30만km보다 짧은 24만km밖에 안 되었고요.(거리 단축)

1초 → 0.8초   : 시간 지연

30만km → 24만km   : 거리 단축

이처럼 시간이 지연되고 거리가 단축되었지만 광속은 역시나 초속 30만km입니다.

$$\frac{24만km}{0.8초} = 초속\ 30만km \quad : 광속\ 불변$$

딱

그만큼만!

그런데 신기한 게 있습니다. 거리가 0.8배로 변했잖아요?(30만km × 0.8=24만km) 이거, 시간이 변한 정도와 너무 똑같지 않습니까(1초 × 0.8=0.8초)? 왜 이렇게 똑같을까요? 당연합니다. 우선, 속도는 $\frac{거리}{시간}$입니다. 그런데 순은 차의 시간은 나보다 적게(느리게) 흐르지 않았습니까? 분모가 나보다 작아진 것입니다. 그런데도 광속 측정값이 나와 똑같다? 그러려면 분자인 '빛과의 거리'가 작아져야 합니다. 시간이 적게 흐른 딱 그만큼만 말이죠.

$$\frac{거리}{시간} = \frac{거리 \times 0.8}{시간 \times 0.8}$$

(나의 광속 측정값)　　　　(순은 차의 광속 측정값)

신기한 게 또 있습니다. 속도는 $\frac{거리}{시간}$로 구하지 않습니까? 먼저, 분자와 분모에 거리와 시간을 넣지요. 그 결과로 나오는 숫자가 바로 속도고요. 그런데 아인슈타인은 어떻게 했습니까? 순서가 완전 거꾸로죠? 먼저 결과인 광속부터 초속 30만km로 정해 버렸습니다.(첫 번째 열쇠 사용) 그 다음엔 '상대방의 지연된 시간'을 적용했어요.(두 번째 열쇠 사용)

$$\frac{거리}{0.8초} = 초속 \ 30만km$$

그러더니 이게 등식이 되려면 거리도 짧아져야 한다면서, 거리를 24만km로 줄여 버렸지요. 광속을 먼저 정하고, 순은 차의 시간을 지연시킨 다음, 마지막으로 빛과의 거리를 단축시켜 버린 겁니다. 세상에 이런 속도 계산법도 있습니까? 희한하고도 이상합니다. 하지만 황금 차의 미스터리도 이런 방법을 써야 해결된다는 사실!

황금 차의 속도	경과 시간	빛과의 거리
초속 24만km	1초	6만km

빛이 1초 뒤에 황금 차로부터 6만km 멀어졌습니다. 그러니 황금 차의 스피드 건에는 초속 6만km가 찍혀야 합니다. 하지만 역시나 초속 30만km가 찍혔죠. 이번에도 보통 방식으로는 미스터리가 풀리지 않네요. 그럼 아인슈타인의 황금 열쇠를 사용하면? 먼저 광속을 초속 30만km로 놓고, 느려진 시간인 0.6초를 대입합니다.(광속의 80%로 달리면 시간은 0.6배로 변한답니다.)

$$\frac{\text{거리}}{0.6\text{초}} = \text{초속 30만km}$$

그러므로 빛과의 거리는? 네, 18만km여야 합니다. 빛이 1초에 황금 차로부터 30만km 멀어진 게 아니라, 0.6초에 18만km 멀어진 것입니다.

다시 봐도 이상하죠? 거리와 시간을 가지고 속도를 구하지 않고, 거꾸로 속도를 먼저 정해 놓다니! 그러고는 그 속도가 나오도록 시간과 거리를 바꿔 버리다니! 이렇게 되면 빛의 속도가 세상 만물의 제1기준이 되는 겁니다. 누가 측정해도 광속이 불변하도록 상대방의 시간과 거리가 달라져야 하는 것이죠. 참 신기합니다. 아니, 수상쩍기까지 합니다. 광속 미스터리가 풀리긴 했는데, 여간 찜찜한 게 아니에요.

만물이
따라야 할 섭리

하지만 아인슈타인은 교묘한 속임수나 술책을 부리지 않았습니다. 논리상 하자도 없었고요. 등장하는 것도 극히 평범한 것들뿐이었지요. 그가 한 상상 실험에 기차 대신 자동차나 자전거, 심지어 달팽이나 민들레, 벽돌이나 반도체를 넣어도 됩니다. 세상 어떤 존재를 집어넣더라도 결과는 똑같습니다. 승객이 아인슈타인이고 관측자가 당신일 필요도 전혀 없지요. 어떤 사람이 이 실험에 참가해도 같은 결과가 나옵니다. 사람만이 아닙니다. 기차 안과 철둑길에 카메라를 놓아도 마찬가지입니다. 2대의 카메라로 상대방의 시계를 촬영해도 똑같은 결과가 나오지요. 관측자가 무엇이고 상대방이 무엇이든 상관없습니다. 아무튼 "상대방의 시간은 지연"되고, 쌍방의 "광속 측정값은 불변"입니다. 또한 "상대방의 거리는 단축"되고요. 한마디로 이 세 가지는 세상 만물이 따르는 섭리요, 이치인 것입니다.

상대와 나의 속도가 다르면 서로의 시간이 느려집니다.(견우와 직녀가 그랬듯이 말이죠.) 시간이 느려지면 시계가 느리게 가지요. 그뿐만이 아닙니다. 맥박도 느리게 뛰고 나이도 천천히 먹습니다. 암세포의 분열 속도도 느려지지요. 속도 차이가 클수록 시간은 더 느려지고요. 또한 상대와 속도가 다르면 거리도 단축됩니다. 거리가 단축되므로 우주선이나 비행기의 길이도 짧아집니다. 그 안에 있는 자의 길이도 짧아지지요. 고양이나 사람의 몸도 홀쭉해진답니다. 단,

이 모든 이야기는 내가 볼 때 상대방이 이런 모습으로 관측된다는 겁니다. 상대방은 자신의 시간과 거리에 전혀 변화가 없다고 느끼지요. 도리어 변한 것은 제 쪽이라고 관측합니다. 직녀와 견우가 서로 그랬듯이 말이지요.

혹시 날씬해 보이고 싶은 분은 친구들 앞에서 빨리 이동해 보세요. 친구들이 볼 때, 상대방(당신)의 몸 두께가 갸름하게 보이죠. 단, 이걸 시도하기 전에 두 가지는 알아 두시는 게 좋겠어요.

첫째, 당신에게는 정지 중인 친구들의 몸매가 날씬하게 보인다는 사실! 그러니 당신이 이동하면서 본 친구들의 모습은 비밀로 해 두세요. 둘째, 어느 정도 효과가 나타나려면 엄청난 속도로 이동해야 한다는 사실! 몸매가 지금의 0.8배로 날씬해지고 싶나요? 그렇다면 순은 차의 속도로 이동하면 됩니다. 광속의 60%, 즉 1초에 18만km를 이동해야 합니다. 시속으로는 무려 6억 4800만km! 다리가 보이지 않을 정도로, 신발이 타 버릴 정도로 미친 듯이 달려야 할 겁니다. 아! 당신의 키는 원래대로 보입니다. 길이는 이동 방향으로만 줄어드니까요. 만일 화끈하게, 지금의 반 정도로 날씬하게 보이고 싶다? 그런 분들은 황금 차보다 더 빨리 달려야 합니다. 광속의 90%(초속 27만km) 즉, 1시간에 9억 7200만km를 이동해야 합니다. 이렇게만 한다면 몸매가 이전보다 반도 안 되게 날씬해 보입니다.(정확히는 0.44배로 보이죠.) 아마 이 정도로 달린다면, 지나치게 과격한 운동으로 인해 '진짜로' 살이 쫙 빠지겠죠? 아니 그러기 한참 전에 살과 뼈가 다 타거나 녹아 버릴 겁니다. 만의 하나 광속으로 이동할 수 있다면? 물론 불가능하겠지만 만일 그렇다면…… 몸 두께가 0이 됩니다. 으헉! 그럼 광속보다 더 빨리 이동하면? 몸 두께가 마이너스가 됩니다. 두께가 마이너스라, 이런 일이 과연 있을 수 있을까요? 당연히 불가능하겠죠.

아인슈타인의 이론, 들어 보니 어떤가요? 신기하기도 하고 어딘가 허점이 있을 거 같기도 하고 그렇죠? 처음엔 다들 어리둥절해 합니다. 아인슈타인이 발견한 진실이 워낙 기묘하니까요. 익숙해질 때까지 시간이 좀 필요하답니다.

만물이
따라야 할 공식

순은 차는 광속의 60%로 달렸고 시간과 거리 모두 0.8배로 바뀌었습니다. 한편 황금 차는 광속의 80%로 달렸고 시간과 거리는 0.6배로 바뀌었지요. 그런데 0.8배나 0.6배 같은 수치는 어떻게 나오는 걸까요? 이제부터 그 얘길 하려……. 아, 그 전에 먼저 보여 드릴게 있습니다. 시간과 거리가 달라지면 어떤 풍경이 펼쳐지는지부터 잠시 보시죠. 아까 등장했던 견우와 직녀를 불러 보겠습니다. 두 사람은 서로 상대방의 우주선이 이동 중이라고 관측했잖습니까? 그럴 경우 상대방의 모습이 과연 어떻게 보일지, 그 모습을 상대 속도별로 나누어 보여 드리죠.

오른쪽의 그림은 견우가 바라본 직녀호의 모습입니다. 직녀호의 속도에 따라, 견우호에서 바라보는 직녀호의 길이가 달라집니다.

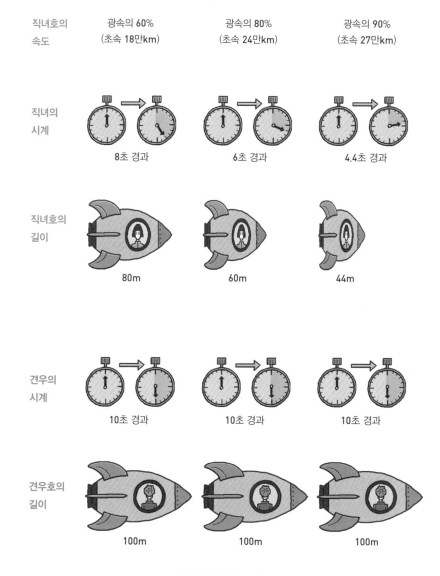

직녀호의 속도	광속의 60% (초속 18만km)	광속의 80% (초속 24만km)	광속의 90% (초속 27만km)
직녀의 시계	8초 경과	6초 경과	4.4초 경과
직녀호의 길이	80m	60m	44m
견우의 시계	10초 경과	10초 경과	10초 경과
견우호의 길이	100m	100m	100m

견우가 바라본 모습

물론 직녀호의 시계도 느리게 가지요. 그림을 보니까 쉽게 이해가 되지요? 자, 그럼 직녀가 바라본 견우호의 풍경은 어떨까요? 한 가지만 빼고 지금 보신 것과 똑같습니다. 직녀와 견우를 서로 바꿔 주기만 하면 됩니다. 직녀에게는 견우호가 이동 중이라고 관측되니까요. 시간과 거리가 변하는 것도 견우호고요. 아인슈타인이 발견한 우주의 풍경, 다들 즐겁게 감상하셨나요?

이제 조금 아까 하려던 얘길 해 보죠. 0.8배니 0.6배니 하는 수치들은 어떻게 나오는 것일까요? 무슨 공식이 있을 거 같죠? 맞습니다. 그리고 여러분은 이미 그 공식을 본 적이 있답니다. 바로 $\sqrt{1-(\frac{v}{c})^2}$ 입니다. 로런츠 변환 공식이지요.

실제로 어떻게 되는지, 상대 속도가 광속의 60%인 경우(초속 18만 km)를 살펴 볼까요?

이때 v(속도)는 18만km이고, c(광속)는 30만km입니다. 이 정보를 공식에 넣으면, $\sqrt{1-(\frac{v}{c})^2} = \sqrt{1-(\frac{18만}{30만})^2}$. 이걸 계산……해도 되지만 계산기에 넣어 보면 $\sqrt{\frac{64}{100}} = \frac{8}{10} = 0.8$이 나옵니다. 상대의 시간과 거리가 모두 나의 0.8배로 바뀌죠.

30만km → 24만km (=30만×0.8)　　: 거리 단축

1초 → 0.8초 (=1×0.8)　　　　　　 : 시간 지연

거리가 0.8배로 바뀌니까 '거리 단축'입니다. 그런데 시간은 가끔

착각하는 분들이 있더라고요. 시간이 줄어드니까 왠지 여유가 없고 시간이 빨리 흐를 것 같은 기분이 드나 봅니다. 하지만 그렇지는 않습니다. 상대방은 나보다 시간이 적게(0.8배) 흐릅니다. 내 시계로는 10시간 흘렀는데, 상대방의 시계는 8시간밖에 안 흐르죠. 내가 10살을 먹는 동안, 상대방은 8살밖에 안 먹는 꼴입니다. 그런 이치로 시간이 줄어들면 시간이 지연된답니다. 단, 상대방은 내 쪽의 시간이 느리게 흐른다고 관측하지요.

너무 작은
차이

상대방의 시간 지연과 거리 단축은 언제 어디서나 늘 일어나는 일입니다. 단, 그 변화는 너무나 미미합니다. 그 변화를 알아차리려면 상상 초월의 속도로 이동해야만 하지요. 시속 900km로 비행하는 여객기 정도로는 어림도 없답니다. 그럼 초음속 비행기는 어떨까요? 초음속이라 시속 3000km를 넘는 것들도 꽤 있거든요. 하지만 그래 봤자 초속으로는 얼마 안 됩니다. 비행기의 속도가 시속 3600km라고 해 볼까요? 그러면 분속으로는 60km, 초속으로는 1km입니다. 이걸 공식에 넣어 보면 $\sqrt{1-(\frac{1}{30만})^2} = 0.99999999998$. 그러니까 정지 중인 나에게 1초 흘렀을 때 이 초음속 비행기는 0.99999999998초밖에 안 흘렀다는 겁니다. 거리도 이 정도로밖에 안 변하고요.

아인슈타인은 극도로 작은 이 차이를 공식에 담았습니다. 우선, 상대의 시간과 거리가 모두 작아지지 않습니까? 따라서 상대방이 관측해서 얻은 위치 정보와 시간 정보는 모두 작아집니다. 그러니 거기서 보내 주는 정보들을 그대로 쓸 수 있겠습니까? 안 되지요. 그 정보를 내가 사용하려면, 작아진 만큼 커지게 변환해야 합니다. 만일 $\frac{1}{2}$배로 줄었으면 그 역수인 2를 곱해 주는 겁니다. 반으로 준 것을 2배로 변환해 주는 것이죠. 그러면 줄어든 거리가 늘어나고, 느려진 시간은 빨라집니다. 이렇게 변환해 준 결과, 상대방의 정보가 나와 일치하게 되지요. 그럼 그 변환 공식이 어떻게 되느냐?

갈릴레오 변환 공식

$$x' = (x - vt) \times \frac{1}{\sqrt{1 - \left(\frac{v}{c}\right)^2}} \quad : \text{길이 수축}$$

$$t' = \left(t - \frac{vx}{c^2}\right) \times \frac{1}{\sqrt{1 - \left(\frac{v}{c}\right)^2}} \quad : \text{시간 지연}$$

x': 상대의 위치 정보
x: 나의 위치 정보
v: 상대의 속도
c: 광속
t': 상대의 시간 정보
t: 나의 시간 정보

어떠세요, 제가 말한 대로죠? 갈릴레오 변환$(x-vt)$에 줄어든 만큼인 $\sqrt{1-\left(\frac{v}{c}\right)^2}$의 역수를 곱해 줬잖아요. 그런데 $\left(t-\frac{vx}{c^2}\right)$는 뭐냐고요? 왜 내 시간 정보 t에서 $\frac{vx}{c^2}$을 빼 주냐고요? 그건 나의 지금과 상대의 지금이 다르기 때문인데요, 그걸 이제부터 자세히 설명해 볼……. 아차차, 이 문제는 너무 깊이 파고들지 않기로 했었죠? 맞아요. 여러분이 책을 덮어 버리기 전에 이쯤에서 멈추는 게 현명할 것 같습니다.

로런츠와
뭐가 다르지?

아인슈타인의 이론은 로런츠의 가설과 매우 비슷합니다. 시간과 거리가 변하는 정도도 같고, 공식 또한 로런츠 변환과 완벽히 똑같지요. 그래서 오늘날에도 이 공식을 (아인슈타인 변환이 아니라) 로런츠 변환이라고 부르지요. 이렇게 되고 보니 좀 이상한 생각이 듭니다. 만일 그렇다면 기차에 타고 번개 때린 것 말고, 아인슈타인이 딱히 한 일은 무엇일까요? 아인슈타인 이론과 로런츠의 가설은 대체 어디가 다른 걸까요? 이제부터 그 차이를 말씀드리겠습니다. 듣다 보면 특수 상대성 이론도 더 잘 이해하게 될 거예요.

첫째, 로런츠의 경우는 이동하는 물체의 길이와 시간이 '진짜로' 변합니다. 그럼 정지 중인 상대방은? 원래의 길이와 시간 그대로죠. 아인슈타인의 이론은 다릅니다. 물체가 '진짜로' 변하는 게 아니에요. 상대방에게 그렇게 관측되는 것일 뿐입니다. 물론 '진짜로' 그렇게 관측됩니다. 양쪽에 시계를 넣어 보거나 카메라로 각자 상대방의 모습을 찍어 보면 알 수 있지요. 말하자면 변화가 '상대적으로 +진짜' 일어난다고나 할까요? 표현이 다소 아리송하네요.

아무튼 바로 이런 이유 때문에, 둘째, 로런츠의 가설은 상대성 원리와 모순됩니다. 왜? 로런츠 가설에 따르면 자신이 정지 중인지, 이동 중인지를 확실히 알 수 있거든요. 어떻게 그런 일이? 간단합니다. 견우와 직녀를 불러 우주에서 실험을 해 봅시다. 견우호는 정지 중이고, 직녀호는 '진짜로' 이동 중입니다. 직녀호의 속도는 광

광속의 60%로 이동 중 ├──── 8m ────┤

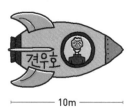

├───── 10m ─────┤

속의 60%랍니다. 그러니까 길이가 견우호의 0.8배로, 즉 8m로 바뀌 겠네요.

우선, 견우는 직녀호의 길이가 짧아진 것을 봅니다. 반면, 직녀는 자신의 우주선이 짧아진 걸 모르지요. 왜냐고요? 직녀호만이 아니 라 그 안에 있는 자도 짧아졌기 때문이죠. 직녀호는 8m로, 1m짜리 자는 80cm로 짧아져 버린 겁니다. 그러니 자신은 아무런 변화가 없 다고 관측하게 되지요. 한데 직녀가 바깥의 견우호를 보니 자기 우 주선보다 깁니다. 따라서 직녀는 견우호가 길어졌다고 관측합니다. 직녀와 견우의 의견이 다르지요? 하지만 두 우주선을 비교해 볼 때 견우호가 더 길다는 데에는 의견이 완벽히 일치합니다. 그래서 두 사람 모두 알게 됩니다. 견우호는 정지 중이고 직녀호가 이동 중이라는 것을. 등속 직선 이동 중인데도, 자신의 상태를 알아 버렸다? 이것은 심오한 버전의 상대성 원리와 모순됩니다. 로런츠의 가설은 왜 이런 모순에 빠져들었을까요?

왜냐하면, 셋째, 로런츠가 실험 결과에 들어맞도록 가설을 세웠기 때문입니다. 광속이 불변인 이유를 모르니 다른 방법이 없었죠. 반면 아인슈타인은 기차-번개 상상 실험에서 출발했습니다. 그래서 언제나 '광속은 불변'이라는 사실과 그 이유를 모두 깨달았지요. 아울러 늘 '상대방의 시간 및 거리가 작아진다.'는 사실도요. 나와 상대방은 이 점에서 전혀 차이가 없습니다. 그러니 자신의 '진짜' 상태를 알 방법이 없지요. 이렇듯 아인슈타인의 이론은 심오한 상대성 원리를 완전히 만족시킵니다. 로런츠는 이런 이론을 상상도 못 했습니다.

그 결과, 넷째, 로런츠의 가설과 공식은 빛, 전기, 자기 분야에만 적용되었습니다. 이 세 가지만 에테르와 관련이 되니까요. 반면, 아인슈타인의 이론은 세상 모든 만물에 다 적용됩니다. 상대방의 시간 지연과 거리 단축! 그것은 에테르 같은 이상한 물질 탓에 발생하는 기이한 사태가 아니었습니다. 기차와 번개, 사람 등이 있는 평범한 세계에서 언제 어디서나 일어나는 일이지요.

마지막으로 다섯째, 특수 상대성 이론에서는 물체가 '진짜로' 수축되지 않습니다. 시계가 '진짜로' 느려지는 것도 아니에요. 관측자가 볼 때, 상대방의 공간 자체와 시간 자체가 줄어드는 것입니다. 그 결과 길이가 짧아지고 시간이 느려지는 것이지요. 한마디로 아인슈

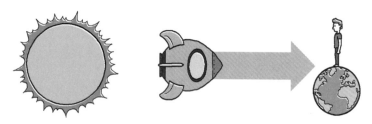

지구의 관측자가 보는 우주선의 모습: 우주선이 **0.6배**로 줄어든다.

빠르게 날아가는 우주선에서 본 우주의 모습: 우주 전체가 **0.6배**로 줄어든다.

타인의 이론은 거리 단축설 혹은 공간 단축설입니다.

이 얘기는 이해하기 좀 어려우실 겁니다. 그래서 쉽게 공간 또는 거리가 어떻게 변하는지만 보여 드리겠습니다. 우주선이 태양 탐사를 마치고 지구로 귀환합니다. 광속의 80%로 비행 중이죠. 이 경우 지구의 관측자가 볼 때 상대방(우주선)의 거리, 즉 길이가 단축됩니다. 원래 길이의 60%로 짧아지지요. 우주선 내의 시간도 60%밖에 흐르지 않습니다. 그럼 우주선에서 본 우주의 풍경은 어떨까요? 비행사가 볼 때는 자신을 제외한 우주 전체가 광속의 80%로 이동 중입니다. 그래서 거리가 그 이동 방향으로 60% 단축되지요.

보시다시피 공간 전체가 (우주선의 앞뒤 방향으로) 짧아졌습니다. 태양하고 지구도 달걀처럼 갸름해졌잖아요? 물론 상대방(태양과 지구)의 시간도 느려집니다. 앞서 말했듯, 사람의 맥박과 생각하는 속도, 나이를 먹는 속도나 심지어 암세포의 분열 속도마저도 모두 느려지지요.

최후의
미스터리

아인슈타인의 이론은 로런츠 가설하고만 달랐던 게 아닙니다. 당대의 과학자들이 없어서는 안 될 거라고 확신했던 에테르도 날려 버렸죠. 아인슈타인이 자석-코일 미스터리를 풀어냈던 과정, 아직 기억하고 있나요? 그때 보았듯이 자기 에테르나 전기 에테르는 필요 없었습니다. 아니 그런 게 있으면 곧장 황당한 모순이 발생했죠. 빛 에테르도 마찬가지입니다. 아인슈타인은 빛 에테르 없이 오직 상대성 원리만을 무기로 광속 미스터리를 풀어냈으니까요. 그런데 여기서 이런 질문을 할 독자들도 있을지 모르겠네요. "하지만 빛은 광파라며, 그래서 꼭 빛의 파동을 실어 날라 줄 무언가가 필요하다며? 그런데 빛 에테르가 없다고? 그럼 빛은 대체 어떻게 전달되는 거지? 혹시 빛이 파동이 아니라는 얘긴가?" 아닙니다. 빛은 분명히 파동입니다. 그리고 평범한 파동이라면 분명히 실어 날라 줄 무언가가 필요합니다. 과학자들은 이런 무언가를 '매질'이라고 부릅니다. 파동을 매개해 주는 물질이라는 뜻이죠.

다시 말하지만 빛은 파동이 맞습니다. 다만 아주 특별한 파동이지요. 매질이 없더라도 전해지는 파동이니까요.(놀랍죠?) 이 점에서 실제 파도나 혹은 음파와는 크게 다릅니다. 파도는 물 입자들이, 음파는 공기 입자들이 전달해 주죠. 만일 물속이라면 음파를 전해 주는 건 물 입자들이고요. 하지만 빛은 그런 물질들이 전해 주는 게 아닙니다. 전기장과 자기장의 진동에 의해 전달되지요. 특이한 건 이 전기장과 자기장의 진동이 진공 속에서도 발생한다는 겁니다. 그래서 빛은 진공 상태인 우주 공간에서도 전달되는 것이죠. 수많은 별들에서 분출되는 빛이 우리에게까지 전달되는 이유도 이 때문입니다.

자기장과 전기장의 진동에 의해 빛이 전달된다고? 네, 그렇습니다. 나중에 밝혀진 사실이지만 빛은 전자기파의 일종입니다. 앞서 보았듯이 빛(광파)과 전자기파는 닮아도 너무 닮지 않았습니까? 속도가 초속 30만km라는 것도, 그 속도가 불변의 속도라는 것도 똑같습니다. 또한 광파와 전자기파 모두 반사도 하고 굴절도 하지요. 둘이 왜 이렇게 똑같을까요? 그 이유는 광파가 전자기파의 일종이기 때문입니다. 정확히 말하자면 전자기파 중 우리 눈에 보이는 파가 광파, 즉 빛이랍니다. 그럼 보이지 않는 전자기파도 있냐고요? 물론이죠. 당장 휴대 전화나 텔레비전에서 나오는 전자기파들이 그렇지 않습니까? 이밖에도 적외선이나 자외선은 물론이고, 엑스선, 감마선, 우주에서 쏟아지는 방사선인 우주선 등등 매우 많지요.

모두를 포용하며
더 높이

아인슈타인은 에테르를 날려 버렸습니다. 19세기 과학자들이 그 토록 확신했던 에테르가 과학의 세계에서 영원히 추방당한 것입니다. 하지만 아인슈타인이 모든 걸 다 폐기해 버린 것은 아닙니다. 로런츠 변환 공식은 소중하게 남겨 두었지요. 자신의 이론과 유도 과정은 전혀 달랐지만 공식 자체는 똑같았으니까요. 게다가 로런츠는 아인슈타인이 당대에 가장 존경하던 과학자였습니다. 그래서 로런츠 변환이라는 호칭도 그대로 두었지요.

한편 갈릴레오 쪽은 어떨까요? 갈릴레오 변환은 상대성 원리의 대표 공식입니다. 수백 년간 어떤 실험이나 관측에서도 늘 옳다는 것이 입증되었지요. 하지만 결국 이 공식은 최후를 맞이하였습니다. 상대성 원리를 가장 충실히 계승한 아인슈타인에 의해서요. 우선 갈릴레오 변환은 '거리 단축'을 반영해 바뀌어야 했습니다. 그뿐 아니라 있지도 않았던 시간 변환 공식까지 추가되었지요. 갈릴레오는 시간 자체가 변할 거라고는 꿈에도 생각지 못했습니다. 그 이후 몇백 년간 다른 모든 과학자도 그랬던 것처럼요.

물론 시간과 거리는 '엄청 조금'밖에 안 변합니다. 그러니까 일상 생활에서는 여전히 갈릴레오 변환으로 충분하지요. 하지만 엄청 빠른 물체들의 세계에서는 이야기가 달라집니다. 특히 최근의 정밀 과학에서는 광속에 가까운 입자들을 자주 다룬답니다. 입자 가속기 속에선 광속의 99%로 날아다니는 입자들도 흔하지요. 그런 입자들은 길이가 0.14배로 줄어듭니다. 시간도 이만큼밖에 안 흐르고요. 따라서 첨단 과학 실험에서는 측정 데이터를 그대로 믿어서는 큰일 납니다. 반드시 로런츠 변환을 사용해 그 데이터를 완전히 변환해 줘야 하지요. 이런 걸 보다 보면 참 신기하다는 생각이 듭니다. 특수 상대성 이론은 기껏해야 기차나 비행기밖에 몰랐던 시대에 탄생하지 않았습니까? 그런데 그 이론과 공식이 100년도 더 지난 미래의 실험 현장을 지배하다니!

아인슈타인은 로런츠 가설을 버렸지만 로런츠 변환 공식은 그대로 썼지요. 갈릴레오의 경우에는 반대였어요. 그의 상대성 원리는 온전히 받아들였지만 변환 공식은 크게 변경했죠. 그 결과 특수 상대성 이론은 막강한 이론이 되었습니다. 갈릴레오의 상대성 원리와 로런츠의 변환 공식이 합체된 극강의 과학 이론!

특수 상대성 이론은
☐☐☐☐☐☐이 아니다.

특수 상대성 이론은 유명한 만큼 오해도 많이 사는 이론입니다. 그중 대표적인 것을 모아 봤습니다. 열심히 공부하셨으니 여러분도 재미 삼아 체크해 보세요.

오해 1. 특수 상대성 이론은 사람마다 보기 나름이라는 얘기다?

아닙니다. 물론 괴로울 때는 시간이 한없이 느리게 흘러갑니다.(시간 지연?) 애인과 걸을 때는 먼 길도 짧게 느껴지지요.(거리 단축?) 하지만 특수 상대성 이론은 그런 일과는 전혀 관계가 없습니다. 두 물체의 속도가 다를 때, 상대방의 시간과 거리가 다르게 관측된다는 이론이니까요. 특수 상대성 이론은 사람의 느낌이나 취향과는 '전혀' 관계가 없습니다.

오해 2. 물체가 빨리 이동하면 시간 지연과 길이 수축이 발생한다?

물체가 저 혼자 이동한다고 해서 그런 일이 생기지는 않습니다. 특수 상대성 이론에서는 첫째, 상대가 있어야 합니다. 사람과 비행기든, 돌멩이와 고양이든, 미녀와 야수든, 자동차와 달팽이와 사람이든, 아무튼 (하나 이상의) 상대가 있어야 합니다. 둘째, 서로의 속도가 달라야 합니다. 그런 상황에서라야 서로 상대방의 시간과 거리가 달라졌다고 관측하지요. 두 물체가 같은 속도, 같은 방향으로 이동하면 이런 일은 전혀 안 생기지요.

오해 3. 광속은 늘 초속 30만km다?

아닙니다. 초속 30만km는 진공 상태에서의 속도입니다. 공기 중에서는 이 속도의 99%로 조금 느려집니다. 물속에서는 약 75%(초속 약 22만km)로, 유리를 통과할 때는 63%(초속 약 19만km)로 느려지지요. 다이아몬드 속에서는 41%(초속 약 12만km)까지 느려진답니다. 이처럼 속도가 다 다르기 때문에, 진공에서의 속도를 기준으로 삼는 것입니다.

그런데 사실 더 정확하게 말하자면, 물속이나 유리 속에서도 광속은 변하지 않습니다. 다만 계속 유리 분자들과 충돌하기 때문에 삐뚤빼뚤 나아갈 수밖에 없어요. 바로 이런 사정 때문에 속도 자체는 광속이지만 1초에 평균 19만km밖에 전진하지 못하는 겁니다. 광속이 유리 속에서 63%로 느려진다는 건 이런 얘기랍니다.

오해 4. 광속보다 빨리 움직이는 건 불가능하다?

상대성 이론에 관한 책에 그런 말이 종종 나오죠? 실제로 빛보다 빠른 물체는 아직까지 한 번도 발견된 적이 없습니다. 하지만 정말로 광속보다 빨리 움직이는 건 불가능할까요? 사실 그것은 아무도 답할 수 없는 문제입니다. 이 우주에 광속보다 빠른 물체가 있는지 없는지, 그런 물체가 가능한지 불가능한지, 그걸 누가 알 수 있겠습니까? 심지어 과학자들은 빛보다 빠른 입자가 있다고 가정하고, 연구를 진척시키기도 한답니다. 타키온이라는 입자인데요, 아직은 가상의 입자죠. 광속보다 빨리 움직이는 건 불가능한가? 이에 대한 과학자들의 답은 이렇습니다. "그것은 알 수 없다. 하지만 빛보다 느린 물체를 가속시켜서 광속에 이르도록 할 수는 없다." 사실 이것이 특수 상대성 이론에서 말하는 정확한 내용이랍니다.

특수 상대성 이론
10문 10답

8장

1. 특수 상대성 이론은 뭐가 특수한가요?

특수 상대성 이론은 아주 특수한 경우에 적용되는 이론입니다. 속도도, 방향도 변하지 않는 경우, 즉 등속 직선 운동에만 적용되지요. 그런 상태인 두 물체가 있고 둘의 속도가 다를 때, 그럴 때에 쓸 수 있어요. 정지 상태는? 당연히 포함됩니다. 정지 중일 때는 속도도, 방향도 전혀 변하지 않잖아요? 이처럼 극히 특수한 경우에 대해 상대성 원리를 적용한 이론, 이를 줄여서 특수 상대성 이론 또는 특수 상대론이라고 부르는 겁니다.

물론 실제로는 이런 물체들이 거의 없습니다. 정확히 시속 100km로 주행 중인 자동차도 마찬가지지요. 도로의 마찰력이나 바람의 저항 등으로 인해 속도가 점차 느려지니까요. 그러다가 가속 페달을 밟으면 다시 빨라지기도 하고요. 방향도 조금씩은 바뀌게 됩니다. 그래서 대부분의 물체들은 실제로 등속 직선 운동을 하지 않는 겁니다. 엄밀하게 말한다면 말이죠.

2. 지극히 특수한 경우에 적용되는 이론이요?

네, 그렇습니다. 게다가 시간 지연과 거리 단축 효과가 나타나려면 속도가 무지 빨라야 합니다. 이런 경우는 우리 주위에서 거의 찾아볼 수가 없지요. 그럼 왜 아인슈타인은 그런 예외적인 경우를 연구했느냐? 그건 그가 처음 연구한 게 광속 미스터리였기 때문이에요. 이 미스터리에는 빛과 지구의 속도만 등장하지요. 빛과 지구는 등속 직선 운동을 하고요. 아, 물론 엄밀히 말하자면 지구는 속도와 방향이 계속 변합니다. 자전도 하고 공전도 하니까요. 하지만 변하는 정도가 아주 작아요. 광속을 측정할 때는 무시해도 좋을 만큼요. 실질적으로 등속 직선 운동인 셈입니다. 그래서 아인슈타인은 등속 직선 운동에 집중했던 거예요. 멋지게 성공해서 1905년에는 특수 상대성 이론까지 창시했지요.

하지만 그는 거기서 멈출 수가 없었습니다. 모든 경우에 다 적용되는 이론을 꼭 찾아내고 싶었죠. 그리하여 10년쯤 무진 애를 쓴 끝에 마침내 1916년, 천하무적의 이론을 창시합니다. 그것이 바로 일반 상대성 이론입니다. 짧게 일반 상대론이라고도 부르죠.

3. 일반 상대성 이론은 어떤 건가요?

일반 상대성 이론은 속도가 변하거나(감속 혹은 가속) 방향이 바뀌는 경우에도 다 적용됩니다. 그럼 등속 직선 운동과 정지 상태에는?

적용됩니다. 속도와 방향의 변화가 0인 경우도 포함시키지요. 이름만 보면 일반 상대성 이론은 평범한 경우에만 쓸 수 있을 것 같죠? 특수한 경우에는 특수 상대성 이론을 써야 할 것 같고요. 하지만 일반 상대성 이론에서 '일반'이라는 말은 모든 경우에 다 적용된다는 의미입니다. 따라서 '특수한' 경우들도 다 설명해 내지요. 참으로 대단한 슈퍼 이론이랍니다. 비록 이 책에서는 길게 설명할 수 없지만, 잠시 소개 정도는 해 드릴게요.

일반 상대성 이론에 따르면, 속도가 변하거나 방향이 바뀔 경우 시간이 느려집니다. 또한 무거운 물체에 가까울수록 시간이 느려지지요. 예컨대 태양 표면에서는 지구 표면에 비해 시간이 100만분의 2초만큼 느려집니다. 한 달에 5초 정도 느려지지요. 같은 지구에서도 지면에 가까울수록 시간이 느려집니다. 반대로 하늘 높이 올라가면? 시간이 빨리 흘러요.

한 가지 더 이야기해 드릴까요? 특수 상대성 이론에서는 시간이 느려지거나 거리가 짧아지잖아요? 아마 적잖이 황당하셨을 거예요. 하지만 그건 아무것도 아닙니다. 일반 상대성 이론의 황당함은 차원이 다르거든요. 여기서는 시간과 공간이 하나로 통일됩니다. 게다가 그것이 아예 휘어져 버리지요.

여기까지만 듣고도 질려 버리는 친구들이 있겠죠? 네, 그래서 이 정도로 그칠까 합니다. 물론 구미가 바싹 당기는 친구들도 있겠지요. 그런 마음을 품은 친구들은 언젠가 이 이론과 만나게 될 겁니다. 아니, 만나지 않을 수가 없지요. 우주 어디라도 일반 상대성 이론으

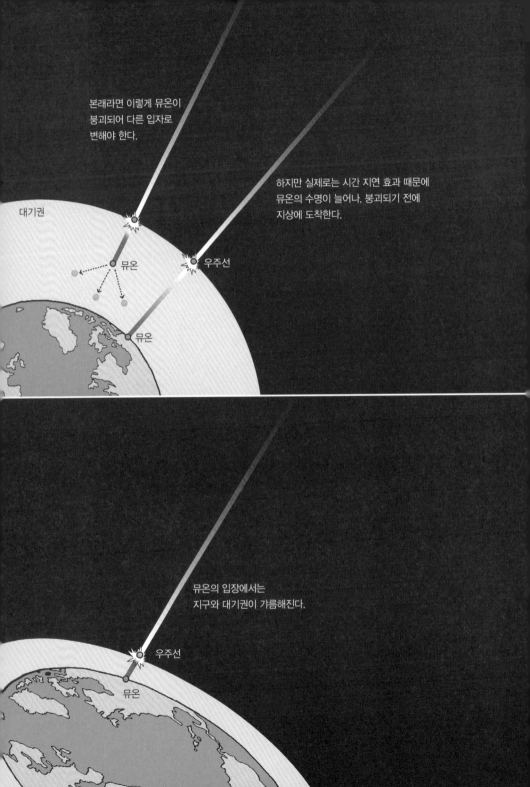

본래라면 이렇게 뮤온이
붕괴되어 다른 입자로
변해야 한다.

하지만 실제로는 시간 지연 효과 때문에
뮤온의 수명이 늘어나, 붕괴되기 전에
지상에 도착한다.

대기권

뮤온

우주선

뮤온

뮤온의 입장에서는
지구와 대기권이 가름해진다.

우주선

뮤온

로부터 벗어난 곳은 없으니까요.

무지 많습니다. 하지만 그걸 일일이 늘어놓을 수는 없고, 그중 가장 신기한 사례를 알려 드릴게요. 시간 지연과 거리 단축을 체험하는 물체 이야기입니다.

우선, 지구에는 날마다 수많은 우주선들이 쏟아져 들어온다는 얘기부터 해야겠네요. 아, 너무 놀라진 마세요. 이 우주선은 우주 비행선(宇宙飛行船)이 아니라 우주선(宇宙線)입니다. 우주에서 날아오는 방사선의 일종이지요. 이 우주선들은 대기권을 통과하면서 대기의 분자들과 충돌합니다. 충돌 결과 다양한 2차 우주선들이 생성되지요. 그중에 뮤온(muon)이라는 게 있는데, 바로 이것이 특수 상대성 이론의 효과를 체험하는 입자랍니다.

뮤온의 속도는 대부분 광속에 버금갈 정도로 빨라요. 수명은 매우 짧아서 생성된 지 100만분의 2초 뒤에 붕괴되어 버리지요. 순식간에 다른 입자로 변해 버린답니다. 그래서 본래는 지상에서 이 입자들을 검출할 수 없어야 해요.

뮤온이 지구의 10km 상공에서 생성되었다고 합시다. 속도는 광속의 99%고요. 수명은 100만분의 2초라고 했죠? 따라서 생성 후 낙하할 수 있는 거리는 600m밖에 안 됩니다. 겨우 600m를 낙하한 직후에 다른 입자로 바뀌어 버리는 거예요. 이대로라면 뮤온이 지상까지 도달하는 건 어림도 없지요. 하지만 뮤온은 지상에서 분명히 검출됩니다. 어떻게?

지상에 있는 지구인이 볼 때 뮤온은 광속의 99%로 낙하합니다. 따라서 시간이 느려집니다. 뮤온의 수명이 수십 배에서 수백 배까지 늘어나는 겁니다. 가령 수명이 100배 늘어난다면? 뮤온의 낙하 시간이 100배로 늘겠지요? 그 결과 낙하 거리가 100배, 즉 60km로 늘어납니다. 덕분에 뮤온은 붕괴되기 전에 지상에 도달합니다.

이번엔 뮤온의 입장에서 생각해 볼까요? 뮤온 입장에서는 지구가 광속의 99%로 자기에게 돌진해 옵니다. 그래서 자기를 뺀 우주의 나머지 전체가 짧아지지요. 지구는 갸름해지고 지구의 이동 거리도 단축됩니다. 10km가 600m보다 훨씬 더 짧아지는 거예요. 덕분에 뮤온은 붕괴되기 전에 지상에 도달하지요.

신기한 얘기긴 한데 잘 실감이 안 나죠? 무엇보다도 뮤온의 '입장'이라니, 입자에게 입장 같은 게 있을 수 있다고? 그런 의문이 들 겁니다. 하지만 앞서 말하지 않았던가요? 시간 지연과 거리 단축은 우주 만물이 따르는 섭리라고요. 사람만이 아니라 고양이, 카메라, 시계 같은 것들에게도 다 일어나는 일이라고요.

이뿐만이 아니에요. 과학자들이 행한 실험의 증거들도 많답니다. 그중에서도 가장 유명한 건 헤이펠과 키팅의 1971년 실험이지요. 두 과학자는 시계 3개를 준비해서 1개는 지상의 연구소에 놓았어요. 나머지 2개는 제트 비행기 2대에 하나씩 실었고요. 제트기 1대는 동쪽으로, 또 1대는 서쪽으로 비행하면서 지구를 몇 바퀴 돌았습니다. 그러면서 통신을 이용해 시계 3개의 시간을 시시각각 비교해

보았어요. 그랬더니 지상의 시계에 비해

> 동쪽으로 비행한 제트기의 시계(지구의 공전 방향으로 이동)
> : 59나노초(10억분의 59초)만큼 느리게 갔다.
>
> 서쪽으로 비행한 제트기의 시계(지구의 공전 방향의 반대로 이동)
> : 273나노초(10억분의 273초)만큼 빨리 갔다.

비록 상당히 미미한 차이지만, 시간이 변한다는 것이 실험으로도 입증된 것입니다.●

5. 쌍둥이 역설이라는 게 있다면서요?

네. 방금 들은 제트기 얘기와 관련된 역설입니다. 아시다시피 시간 지연은 상대적이지 않습니까? 제트기 입장에선 지구의 시계가 느리게 가야 하지요. 그런데 왜 실험해 보면 제트기의 시계만 느려지거나 빨라지는 걸까요? 이 이상한 문제를 과학자들은 흔히 쌍둥이 역설이라고 부른답니다. 제트기 사례보다 더 기이하고 흥미진진하지요. 이제부터 그 역설을 얘기해 드리겠습니다. 먼저 우리의 영원한 도우미 직녀와 견우를 초청해야겠어요. 참, 제가 얘기했던가

● 사실 이 결과에는 일반 상대성 이론의 효과까지 포함되어 있습니다. 왜냐고요? 첫째, 제트기는 지구를 중심으로 돕니다.(방향 변함) 둘째, 제트기의 시계는 연구소의 시계보다 지구로부터 멀리 떨어져 있습니다.(무거운 물체인 지구로부터의 거리가 다름)

요? 직녀와 견우가 이란성 쌍둥이라는 걸.

　사실 직녀는 빛 시계 실험이 끝난 뒤 곧장 지구로 귀환하지 않았습니다. 광속의 80%(초속 24만km)로 먼 별까지 여행을 떠났거든요. 견우를 남겨 둔 채 말이죠. 그 별은 20광년 떨어져 있었어요. 광속으로 왕복하면 40년이 걸릴 만큼 머나먼 별. 물론 직녀호는 광속의 80%니까 50년이 걸리겠죠. 15세의 남매가 65세가 되어서야 만나는 겁니다. 그렇지만 직녀는 그 기나긴 우주 여행을 감행했습니다. 간절히 가 보고 싶어 하던 별이었거든요. 직녀를 떠나보내고 견우는 하염없이 기다렸습니다. 할아버지가 된 어느 날, 마침내 직녀가 돌아왔습니다. 눈물 없이는 볼 수 없는 남매의 상봉!

　아무리 쌍둥이라도 엄연히 직녀가 먼저 태어났거든요. 하지만 평소에 누나 이름을 막 불러 대던 견우! 그랬던 견우가 지금은 얼마나

반가운지 '누나' 소리가 절로 튀어나오네요. 그런데 이 남매의 상봉 풍경이 이상하지 않습니까? 50년이나 지났는데 직녀는 나이가 별로 들어 보이지 않잖아요. 게다가 할아버지가 중년 여성에게 누나라뇨? 이게 어떻게 된 일일까요?

우선, 직녀호가 다녀올 동안 견우호에서는 50년이 지났습니다. 그러니까 견우의 나이는 당연히 65세죠. 한편 직녀는 어떨까요? 견우호에서 볼 때, 직녀호는 엄청난 속도로 이동을 했잖아요? 그래서 견우호에 비해 시간이 0.6배밖에 안 흘렀답니다.(시간 지연) 견우에게 50년이 흐를 동안, 직녀에겐 30년밖에 안 흐른 것이죠. 그래서 직녀는 45세인 겁니다.

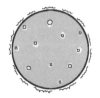

견우의 관측
1. 시간 지연: 직녀의 나이 **45세(15세+30년)**
       견우의 나이 **65세(15세+50년)**
2. 거리 단축: 직녀호의 길이가 **0.6배**로 홀쭉해졌다.

해괴한 일이죠? 하지만 더 심한 일이 우리를 기다리고 있습니다. 우선, 지금까지는 견우호의 입장에서만 이야기했잖아요? 그런데 누가 이동 중이고, 누가 정지 중인지는 상대적이지 않습니까? 직녀호 입장에서는 견우호가 멀어졌다가 다시 가까워졌습니다. 별은 직녀호에 가까워졌다가 다시 멀어졌고요. 따라서 직녀호를 뺀 나머지 우주 전체의 길이가 짧아집니다.(거리 단축)

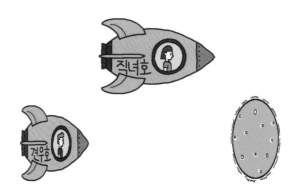

직녀의 관측

1. 거리 단축: 견우호와 별이 홀쭉해졌다. 직녀호와 별과의 거리, 직녀호와 견우호와의 거리가 모두 짧아졌다.(0.6배) 50년 동안 비행해야 할 거리가 30년 만에 비행할 수 있는 거리로 단축된 것이다.

2. 시간 지연: 직녀가 볼 때는 별이 자기에게 접근했다가 다시 멀어졌다. 그리고 둘 사이의 거리가 짧아졌기 때문에, 이 왕복 과정은 (50년이 아니라) 30년밖에 안 걸렸다. 따라서 직녀에게는 30년이 흘렀다.(45세) 그리고 직녀가 관측하기에는 견우호가 광속의 80%의 속도로 직녀호로부터 멀어졌다가 다시 귀환했다. 이처럼 이동한 쪽은 견우호이므로 견우호의 시간이 직녀호의 0.6배밖에 안 흐른다. 즉 18년밖에 안 흐르는 것이다.

직녀의 나이 **45세**(15세+30년)

견우의 나이 **33세**(15세+18년)

듣고 보니 어떠세요? 직녀의 입장도 하등 잘못된 게 없지요? 아니, 나타난 결과도 견우의 입장보다 덜 해괴합니다. 나이 차이도 10세 남짓밖에 안 나고요. 그래도 이상하긴 꽤나 이상하지만요.

여러분은 견우와 직녀의 입장을 다 들어 보았습니다. 그러니 이제 이 역설의 하이라이트와 마주칠 시간입니다. 여러분, '진짜로' 남매가 상봉했을 때 과연 어떤 풍경이 펼쳐졌을까요?

견우호의 입장		직녀호의 입장
견우 65세	VS	견우 33세
직녀 45세		직녀 45세

상대성 원리에 따르면 둘 중 어느 쪽도 틀려선 안 됩니다. 하지만 실제로 두 경우가 다 맞을 수는 없는 노릇 아닙니까? 어느 쪽을 기준으로 삼든 직녀는 45세입니다. 하지만 견우는 과연 어떻게 되었을까요? 누나보다 훨씬 늙은 할아버지? 아니면 쌍둥이 누나보다 12세나 어린 사나이?

6. 쌍둥이 역설의 해결책은?

남매가 상봉했을 때 '진짜로' 어떤 일이 벌어졌을까요? 아마 답하기 쉽지 않을 겁니다. 과학자들도 몇십 년 동안 이 역설 가지고 논란을 벌일 정도였으니까요. 물론 지금은 이미 답이 나와 있습니다. 답이 뭐냐고요? 답은 "견우호를 기준으로 하는 게 맞다."입니다.

'진짜로' 이동한 건 직녀이기 때문이죠. 동생 65세, 누나 45세! 너무 나 이상한 결과지만, 과학적으로는 이래야 맞습니다. 제트기 실험 도 마찬가지예요. 지구가 정지 중이었고 이동한 건 제트기입니다. 그래서 제트기의 시간이 변화된 것이고요. 그런데 왜 그럴까요? 상 대성 원리에 따르면 이동과 정지는 상대적이라고 하지 않았던가 요? 대체 어떤 근거로 직녀호가 '진짜로' 이동했다고 하는 걸까요?

그건 직녀호의 속도와 방향이 변했기 때문입니다. 우선, 직녀호 는 처음 출발할 때 가속을 해야 했습니다. 별에 도착하기 직전에는 감속을 했고요. 다시 돌아올 때도 역시 가속과 감속을 해야 했습니 다. 버스가 갑자기 출발하거나(가속) 급정거했을 때(감속), 몸이 뒤로 젖혀지거나 앞으로 쏠리죠? 그런 이치로 직녀도 직녀호의 가속과 감속을 알 수 있습니다. 자신이 이동 중임을 알게 되는 거죠. 그래서 시간이 지연되는 것은 직녀호인 겁니다.

그럴듯하긴 한데, 어딘지 좀 석연치 않죠? 맞습니다. 설명에 문제 가 있어요. 원래 특수 상대성 이론은 등속 직선 운동에만 적용되잖 아요? 그런데 직녀호는 가속도 하고 감속도 했습니다. 그러니 특수 상대성 이론을 적용하면 안 되겠죠. 그럼 어떻게 하냐고요? 가속과 감속 운동에까지 적용되는 이론을 사용해야죠. 바로 일반 상대성 이론 말이에요. 일반 상대성 이론에 따르면 속도가 변할 경우, 시간 이 느려집니다. 따라서 시간이 지연되는 것은 직녀호입니다.

7. 우주선 안에선 시간이 느려진다고?

네. 그래서 엄청 먼 은하라도 생전에 가 볼 수 있답니다. 가령 대마젤란은하는 지구에서 16만 광년 떨어져 있습니다. 빛의 속도로 질주하면 16만 년 걸린다는 뜻이지요. 아무리 빠른 우주선을 타도 살아서는 못 갈 거리입니다. 하지만 지구에서 볼 때 우주선의 시간이 느려지는 것을 잊어서는 안 됩니다.

예컨대 광속의 99.99342479%의 속도로 달린다면? 그래 봤자, 광속보다는 느리니까 16만 년보다 좀 더 걸릴 거라고요? 네, 지구 시간으로는 그렇습니다. 그렇지만 빠르게 이동할수록 시간이 엄청 지연되니 우주선 안에서는 시간이 12년 반밖에 흐르지 않습니다. 우주 비행사가 30세에 출발했을 경우, 42세면 도착하는 겁니다. 230만 광년이나 떨어진 안드로메다은하까지도 문제 없습니다. 15년이 좀 못 되어 도착하지요. 무려 5,900만 광년 떨어진 처녀자리 은하단까지는? 18년 17일 뒤에 가뿐하게 도착합니다.

그런데 만약 이 우주선이 다시 지구로 돌아오면 어떻게 될까요? 대마젤란은하까지 갔다가 다시 귀환하면? 일단, 우주선 비행사는 55세가 되었을 겁니다.(가는 데 12년 반+오는 데 12년 반) 잘하면 가족과 친구들도 만나 볼 수 있겠다고요? 불가능합니다. 지구에서는 이미 32만 년도 더 지났으니까요. 가족은커녕 아는 사람도 하나 없겠지요. 아니, 지구 자체가 없어져 버렸을지도 모릅니다. 어째 좀 으스스하지요? 그럼 이 분위기를 살려 더 서늘한 퀴즈 한번 내 볼까요? 광속에 가까운 속도가 아니라 아예 광속으로 비행하면, 어떤 일이 벌어질까요?

8. 광속으로는 어디까지 갈 수 있나요?

아시다시피 빠른 속도로 이동하면 상대의 거리가 단축됩니다. 자신을 뺀 나머지 우주 전체의 길이가 이동 방향의 앞뒤 쪽으로 짧아지지요. 그럼 만일 광속으로 이동한다면? 우주의 모든 공간 간격이 0으로 변합니다. 모든 곳의 거리가 0으로 바뀌는 거예요. 따라서 우주 끝까지 갈 수 있습니다. 그럼 그동안 시간은 얼마나 흐를까요? 흐르지 않습니다. 우주의 시간 간격 역시 0으로 변하니까요. 시간이 영원히 흐르지 않는답니다.

말도 안 되는 소리 같죠? 이론상으로만 가능한 얘기 같고요. 우주에 과연 이런 일이 일어날 수 있을까요? 대답은 놀랍게도 "그렇다!"입니다. 날마다 그런 일을 체험하는 존재가 우주 어디에라도 있습니다. 지구에도 얼마나 많은지 모릅니다. 당신도 매일 보는 것이죠. 그것은 바로 '빛'입니다. 빛이야말로 유일하게 빛의 속도로 이동하는 존재죠. 물론 빛은 30만km를 가는 데 1초가 걸립니다. 하지만 그건 빛 이외의 존재들이 보기에 그렇습니다. 빛 입장에서는 시간이 조금도 흐르지 않지요. 아무리 긴 거리를 이동해도 그렇습니다. 그래서 빛은 노화되지 않는답니다. 여러분, 혹시 시들거나 늙어 버린 빛을 본 적 있으세요?

9. 비행기를 타면 어려지나요?

어려지진 않습니다. 시간이 거꾸로 흐르진 않으니까요. 다만 지상에 있는 친구들에 비해서는 시간이 천천히 흐르죠. 제트기 실험에서 보았듯이요. 하지만 그 차이는 너무나, 지극히, 극도로 미미합니다. 비행기가 아무리 빨라도 광속에 비하면 달팽이보다도 느리니까요.

고속 기차(시속 200km) : 1초당 100조분의 2초 느려진다.
제트기(시속 1,000km) : 1초당 1조분의 1초 느려진다. 제트기의 시계가 1초 느려지려면, 이 속도로 3만 년을 달려야 한다.
우주 왕복선(시속 10,000km) : 1초당 100억분의 1초 느려진다.
우주선(우주에서 쏟아지는 방사선, 광속의 90%) : 1초당 0.56초 느려진다.

시간이 줄어드는 정도가 너무 적죠? 그래서 대부분은 실제로 아무런 영향도 끼치지 못해요. 물론 첨단 과학, 특히 입자 가속기 실험에서는 완전 다릅니다. 입자 가속기는 소립자들을 광속에 가깝게 가속시키거든요. 그런 입자들끼리 충돌을 시키기도 하고요. 그러면 놀라운 결과들이 다양하게 발생합니다. 과학자들은 바로 그런 결과들을 관측하고 측정하지요. 그런데 소립자들이 광속에 가깝게 가속되면 시간 지연과 거리 단축이 발생합니다. 그래서 과학자들은 특수 상대성 이론을 이용해 측정 데이터들을 변환한답니다. 첨단 물리학에 특수 상대성 이론이 꼭 필요하다는 거, 잘 아시겠죠?

10. GPS에도 필요하다던데요?

맞습니다. 자동차의 내비게이션에 사용되는 GPS(위성 위치 확인 시스템)에도 특수 상대성 이론이 꼭 필요하지요. 인공위성의 속도 때문에 시간 지연과 거리 단축이 발생하니까요. 그래서 거기서 획득한 정보는 로런츠 변환으로 보정을 해 주어야만 합니다. '마지못해 듣는 특수 상대성 이론 특강'에서도 잠깐 이야기했죠? 그런데 실은 그때 한 가지를 생략했어요. 골치 아프다고 짜증 낼까 봐, 일반 상대성 이론의 효과는 얘기하지 않았죠. 일반 상대성 이론에 따르면 무거운 물체에서 멀수록 시간이 빨라집니다. 인공위성은 지구에서 멀리 떨어져 있잖아요? 그래서 지상보다 시간이 빨리 갑니다. 특수 상대성 이론의 시간 지연 효과랑은 정반대죠.

그럼 결국 인공위성의 시간은 어떻게 되냐고요? 네, 두 가지 상대성 이론의 효과가 모두 작용해서, 결국은 지상의 시계에 비해 약간 빨라집니다. 하루에 38.6마이크로초 정도로요. 무시해도 좋을 만큼 짧은 시간이지요. 하지만 이 차이를 보정해 주지 않고 하루 종일 놔두면? 위치 정보가 하루에 11km나 달라져 버린답니다. 내비게이션이 거짓말쟁이가 되어 버리는 거예요. 자칫하면 대형 사고의 주범이 될 수도 있고요. 그래서 GPS 위성에 탑재된 시계는 지상의 시계보다 약간 느리게 가도록 미리 보정을 해 놓는답니다.

이 세상 대부분의 존재는 광속에 비하면 지극히 느리게 움직입니다. 그래서 우리는 상대성 이론의 효과를 전혀 신경 쓸 필요가 없지요. 그 대신 기계들이 매 순간 신경을 쓴다는 사실!

그 후
아인슈타인은

9장

지금까지 여러분은 아인슈타인이 특수 상대성 이론에 도달하기까지의 여정에 함께하셨습니다. 다들 재미있으셨나요? 그는 자신의 이론이 대단히 혁명적이라고 믿었습니다. 그래서 26세 때인 1905년에 자신만만하게 논문으로 발표를 했지요. 당시 최고의 권위를 자랑하던 과학 저널 『물리학 연보』가 그의 논문을 실어 주었답니다. 아인슈타인은 당장에라도 저명한 과학자가 될 것 같았습니다. 여러 명문 대학에서 서로 모셔 가려고 쟁탈전을 벌일지도 모른다고 생각했죠. 아인슈타인의 부인은 친정 아버지한테 이런 편지까지 보냈대요. "얼마 전에 우리는 아주 중요한 연구를 끝냈어요. 이제 남편은 세계적으로 유명해질 거예요."

　하지만 현실은 젊은 부부의 예상과 달랐습니다. 그 비슷한 일도 생기지 않았지요. 왜 그랬을까요? 그건 특수 상대성 이론이 너무 혁명적인 이론이기 때문이었어요. 시간 지연과 거리 단축은 그나마 로런츠의 가설과 비슷해서 충격이 덜 했어요. 공식도 로런츠 변환과 똑같았죠. 논문에 논리적인 결함이나 물리적인 하자도 없었고요. 그렇지만 시간 지연과 거리 단축의 효과가 상대적이라는 건 이해받기 힘들었습니다. 과학 이론치고는 너무 신비스러웠죠. 그는 묵묵히 때가 오기를 기다려야 했어요. 특허청에서 1주일에 6일, 하루 8시간씩 일하면서요. 이런 생활이 이후 4년 동안이나 이어졌답니다.

특수 상대성 이론의 진가는 서서히 드러났어요. 과학자들도 점차 특수 상대성 이론의 혁명성을 이해하게 되었지요. 1909년, 드디어 기다림의 시간은 끝나고 아인슈타인은 취리히 대학의 물리학 교수가 됩니다. 30세의 나이에 상당한 성취를 이룬 것입니다. 하지만 그는 거기서 만족할 수 없었습니다. 특수 상대성 이론은 특수한 경우에만 적용되는 이론이었으니까요. 그는 모든 경우에 다 적용되는 이론을 꼭 찾아내고 싶었어요. 아인슈타인은 아직 젊었고 다시 치열한 분투가 이어졌습니다. 그리고 천신만고 끝에 마침내 1916년 일반 상대성 이론을 창시하였습니다. 유럽 전체가 제1차 세계 대전의 광기 속에서 미쳐 날뛰던 시절의 일이었지요.

일반 상대성 이론은 너무도 놀라운 이론이었습니다. 특수 상대성 이론은 상대가 안 될 정도였죠. 첫째, 일반 상대성 이론에 따르면 시간과 공간이 따로 존재하지 않습니다. 하나의 시공(또는 시공간)만이 있을 뿐이지요. 둘째, 시공은 무거운 물체 주변에서 휘어져 버립니다. 물체가 무거울수록 크게 휘어지지요. 따라서 별의 주변과 은하의 주변에서는 시공간이 전혀 다르게 휘어진답니다. 별들의 경우에도 무게가 다르면 휘어지는 정도가 다르고요. 그럼 우주 전체가 어떻겠습니까? 곳에 따라 시공이 전혀 다르게 뒤틀리고 휘어져 있겠지요. 우주가 이렇다는 얘기는 인류가 난생처음 들어 보는 것이었습니다.

일반 상대성 이론은 지구의 공전도 희한하게 설명합니다. 여러분은 아마 태양과 지구가 서로 끌어당긴다고 알고 있을 겁니다. 다만 태양이 훨씬 무거워서 지구가 태양 주변을 맴도는 거라고요. 이것이 바로 뉴턴의 만유인력 이론이지요. 반면 아인슈타인의 일반 상대성 이론은 그와 전혀 다른 설명을 제시합니다. 우선, 태양과 행성들은 서로를 끌어당기지 않습니다. 그저 각자 자기 길을 갈 뿐입니다. 그런데 태양은 무지하게 무겁지 않습니까? 지구보다 33만 배나 무겁지요. 그럼 태양 주변의 시공이 어떻겠어요? 상당히 휘어져 있겠지요. 그래서 태양 주변의 행성들은 곧장 가지를 못하고 곡선 궤도를 그립니다. 행성들은 직선 이동을 하지만, 가는 길 자체가 둥그렇게 휘어져 있는 것이죠. 지구가 태양 주위를 도는 것도 이 때문입니다. 자동차를 생각해 보면 쉽게 이해가 될 겁니다. 자동차는 평평한 도로 위를 곧장 나아가는 것 같잖아요? 하지만 지구 밖에서 보면 그렇지 않습니다. 자동차는 볼록한 길 위를 달릴 수밖에 없지요. 왜? 지구가 거대한 공 모양이니까요.

과연 진실은 어느 쪽일까요? 태양이 정말로 여러 행성들을 끌어당기는 걸까요? 아니면 그저 자기 주변의 시공간을 휘게 하는 것뿐일까요? 알쏭달쏭하시죠? 실제로도 태양계만 봐서는 어느 쪽이 옳

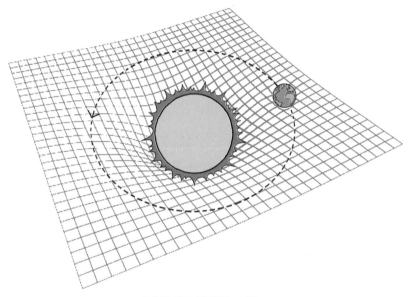

태양 주위를 공전하는 지구

은지 판정할 수가 없답니다. 두 이론 모두 태양계의 공전 현상을 훌륭하게 설명하거든요. 하지만 현상은 하나인데 이론이 둘일 수는 없잖아요? 아인슈타인 역시 반드시 승부를 가리고 싶었습니다. 일반 상대성 이론이야말로 참된 이론이라고 믿었으니까요. 그래서 이런 기발한 아이디어까지 제시했어요.

"별빛이 태양 주변을 지날 때 얼마나 휘는지 관측해 보자!"

이게 무슨 소리일까요? 다들 아시다시피, 만유인력 이론에 따르면 만물은 서로를 끌어당기는 힘(인력)을 갖고 있습니다. 태양과 별빛도 마찬가지예요. 별빛이 워낙 가벼워 '엄청 조금만' 태양 쪽으로 끌려갈 테지만요. 그 결과 별빛은 거의 직선 경로를 지나가게 되지요.

그렇지만 일반 상대성 이론에서는 양상이 꽤 달라집니다. 우선, 태양이 워낙 무겁지 않습니까? 그런 까닭에 주변의 시공이 상당히 휘어 있어요. 그럼 별빛들이 그 휜 시공을 지나갈 때면? 완만한 곡선 궤도를 그리게 되겠지요. 그래서 아인슈타인이 이렇게 제안한 겁니다. "태양 주변을 지날 때 별빛의 경로가 얼마나 휘는지 실제로 관측해 보자!"

어때요? 꽤 괜찮은 아이디어죠? 문제는 그게 별로 현실성이 없다는 겁니다. 우선 태양이 밝을 땐 주변의 별빛이 안 보이잖아요? 반면 별빛이 총총할 땐 이미 태양이 져 버린 뒤고요. 태양과 태양 주변의 별빛을 동시에 볼 수 없는 한, 그의 아이디어는 빛 좋은 개살구에 불과합니다. 그런데 다행히도 인류에게는 2년에 한 번씩 특별한 날이 찾아옵니다. 개기일식 말이에요. 그날이 오면 검은 태양과 주변의 별빛을 동시에 볼 수 있지요. 비록 지속 시간도 짧고(평균 5분), 비가 오거나 구름이 가려 버리면 말짱 도루묵이지만요. 아인슈타인이 이 제안을 하고 몇 년 뒤, 드디어 절호의 기회가 찾아왔습니다. 1919년, 두 팀의 탐사대가 아인슈타인의 예언을 검증하러 떠난 거예요. 한 팀은 브라질로, 또 한 팀은 아프리카 중서부로 갔습니다. 태양이 가려지기 전에 비가 내리기도 했지만, 다행히 금방 그쳤답니다. 잠시 뒤 달이 태양을 덮어 버렸고 탐사대는 짧은 시간 동안 최선을 다해서 사진을 찍었지요. 그 사진들을 갖고 돌아와 몇 개월에 걸쳐 판독을 했습니다. 확인 결과, 별빛은 태양 주변을 지날 때 완만하게 휜 궤적을 보였습니다. 태양과 별이 아인슈타인의 손을 들어 준 거예요. 세상에 시공간이 휘어 있다니, 그래서 별빛도 휘어지다니!

당시 유럽은 제1차 세계 대전이 막 끝나서 황폐한 상태였어요. 그런 상황에서 이렇게 획기적인 관측이 이루어졌던 것입니다. 충격적인 결과는 순식간에 전 세계로 퍼져나갔습니다. 그리고 일반 상대론은 몇백 년간 군림해 온 뉴턴의 이론을 권좌에서 끌어내렸지요. 더군다나 개기일식 탐사대는 영국 과학자들이었어요. 그들이 영국의 뉴턴 대신 독일의 아인슈타인이 옳다고 확증해 준 것입니다. 영국과 독일은 1차 대전에서 맞붙은 철천지원수였지요. 1년 전까지만 해도 서로 죽고 죽이던 두 나라의 과학자들, 그들이 협력하여 위대한 발견을 해낸 것입니다. 개기일식이 끝나면 다시 태양이 빛나듯, 인류도 과거의 원한을 벗어 버리고 힘차게 새 출발할 때가 아닌가! 개기일식 관측 결과는 바로 그런 새 시대의 개막을 알리는 신호탄이었습니다.

같은 해, 조선에서도 3월은 뜨거웠습니다. 삼천리 방방곡곡이 "독립 만세!"의 물결로 뒤덮였지요. 그렇지만 일본 제국주의의 지배는 이후 1945년까지 계속 이어졌습니다. 우리만이 아니었어요. 당시 세계의 80%는 서양 열강의 식민지가 되어 수많은 고통과 죽음을 감내해야 했습니다. 하지만 많은 유럽인들은 이런 사정 따위는 안중에도 없었어요. 그저 1차 대전 후 자기들끼리 맞이한 평화에만 도취되었습니다. 세계 대전의 고통을 겪고도 식민지 지배를 반성하지 못했던 것입니다.

겨우 20년 뒤에 더 끔찍한 세계 대전이 벌어질 거라고는 꿈도 꾸지 못했던 유럽인들. 그들에게 개기일식 관측의 결과는 너무나 찬란하여 눈부실 정도였습니다. 새 시대가 시작되었다고 흥분할 만했지요. 관측 결과가 발표된 날, 아인슈타인은 곧장 세계적인 스타로 떠올랐습니다. 언론사의 각종 인터뷰와 수많은 강연 요청이 몰려들었지요. 사진을 찍으려는 기자들로부터는 아예 도망다니다시피 해야 했어요. 과학자들과 저술가들은 앞다투어 상대성 이론에 대한 논문과 책을 발표했습니다. 개기일식 관측 이후 6년 동안 무려 600여 편이나 쏟아져 나왔지요. 그의 인생은 황금기를 맞이하였습니다. 세계 최고의 과학자로 명성을 누리며 살 일만 남은 것 같았지요.

하지만 좋은 일만 있었던 것은 아닙니다. 세상에 그런 인생이 어디 있겠어요? 우선 그는 1919년 2월, 16년 동안의 결혼 생활을 청산합니다. 사랑하는 두 아들과도 헤어지게 되지요. 그리고 4개월 후 재혼을 합니다. 이혼과 재혼, 개기일식 관측과 결과 발표까지, 이 모든 일이 한 해에 다 일어난 거예요. 그리고 2년 뒤, 아인슈타인은 노벨상 수상자로 결정됩니다. 주변 사람들은 물론 그 자신도 이를 당연하게 여겼답니다. 첫 번째 부인에게 "이혼을 해 주면 노벨상 상금을 주겠다."라고 오래전에 약속을 해 놓았을 정도니까요.

1930년대에는 나치 독일이 등장하면서 유럽 전역에 어두운 그림자가 덮였습니다. 수많은 유대인이 탄압을 당했어요. 아인슈타인도 유대인인지라 미국으로 도피해야 했죠. 그리고 이 도피처에서 죽을 때까지 20여 년을 살게 됩니다. 그는 미국 대통령에게 핵폭탄을 개발해야 한다고 편지를 쓰기도 했어요. 나치 독일의 광기에 맞서기 위해서요. 그러나 나중에는 이 행동을 크게 후회했답니다. 핵폭탄이 실제로는 민간인들을 대량 학살해 버렸으니까요. 원래도 전쟁에 극력 반대했던 아인슈타인, 그는 이후 더욱 열심히 평화 운동을 벌였습니다. 평등과 자유를 위한 사회 운동에도 적극적으로 참여했지요.

물론 아인슈타인은 역시 아인슈타인이었습니다. 그렇게 분주한 와중에도 그는 남은 생애의 대부분을 과학에 바쳤습니다. 이번의 목표는 세상의 모든 물리 작용을 다 설명하는 이론이었어요. 이름하여 통일장 이론! 특수 상대성 이론이나 일반 상대성 이론보다 더 거대한, 그야말로 극한의 목표였지요. 그는 사망 당일에도 이 이론에 필요한 계산을 하다가 숨을 거두었습니다. 비록 성공에 이르지는 못했지만 그는 죽는 순간까지 과학자였습니다.

아인슈타인은 인생의 중후반을 위대한 과학자로 살았습니다. 누구보다도 화려한 영광과 축복을 맛보았지요. 그러나 시련과 고통의 긴 시간 또한 보내야 했습니다. 제1차 세계 대전, 이혼과 재혼, 두 아들과의 이별, 미국으로의 도피와 제2차 세계 대전, 그리고 새로운 탐구를 위한 인내와 고독. 그렇습니다. 누구의 인생에나 뒤섞여 있는 꽃길과 가시밭길, 그 길을 아인슈타인도 걸어간 것입니다.

광속 비행을 상상하던 청소년 알베르트! 그는 자신의 미래에 얼마나 다채로운 일들이 일어날지 상상할 수 없었습니다. 그저 열여섯의 가슴속에 솟아난 물음을 소중하게 품었지요. 날마다 조금씩 살펴 보며 물을 주고 가꾸었습니다. 미래는 저 광대한 바다처럼 그의 앞에 펼쳐져 있었을 뿐입니다.

특수 상대성 이론을 위한 특별한 디딤돌

| 김재영 |

1927년 『동광』이라는 잡지에 흥미로운 글이 실렸다. 제목은 "아인슈타인의 상대성 원리: 시간, 공간 및 만유인력 등 관념의 근본적 개조"이고, 이 글을 쓴 사람은 소설 『무정』 등으로 널리 알려진 작가 이광수였다.

"절대표준점, 에테르의 말살, 끄는 힘의 새로운 해석, 공간의 곡률"의 네 절로 이루어져 있는 이 글은 상대성 이론을 일반 독자에게 쉽게 소개하는 훌륭한 글이다. 이광수는 상대성 이론이 수학적으로나 인식론적으로 신기하고 또 아주 어려우며 "세계에서 이를 완전히 이해하는 이가 열두 명에 불과하다는 '신화'까지 발생"할 정도이지만, 보통 사람들의 상식이 허락하는 범위에서 이를 조금이나마 이해하는 것이 중요함을 강조하고 있다.

그로부터 5년 후 1932년 『동광』에 실린 기사에는 아인슈타인이 쓴 상대성 이론에 대한 책을 읽으라는 이야기도 나온다.

"과학 방면에서는 에딩턴의 『공간, 시간, 중력』을 읽으라고 권하고 싶습니다. 이 책은 아인슈타인의 일반 상대성 이론을 소개한 것으로서 고등 수학에 소양이 있는 이는 볼 수 있을 것입니다. 만일 고등 수학에 소양이 없지만 상대성 이론의 개요를 알려면 아인슈타인이 쓴 『일반 및 특수 상대성 이론』을 읽는 것이 가장 좋겠지요. 이 책은 누구나 알 수 있게 만든 책이지만 이것도 대수학 모르고는 읽을 수 없습니다. 왜 권하느냐고요? 조선 사람은 과학을 등한히 하니 그 폐를 교정하자는 것과 무엇보다도 시대에 낙오되지 말아야지요."

일본 제국주의의 식민지였던 당시에 사람들이 상대성 이론 같은 난해한 이야기에 관심을 가진 것이 특이해 보이지만, 실상 1920년대부터 상대성 이론에 대한 강연이 많이 있었다. 1922년 8월 17일에는 하동의 하동공립전문학교에서 유학생 친목회 주최의 강연이 열렸다. 여기에서 강우석은 "사유의 궁극과 아인슈타인의 상대성 원리"라는 제목으로 400여 명의 청중에게 강연했고, 1923년 7월 17일에 서울 경운동 천도교회당에서는 최윤식이 "아인슈타인의 상대성 원리"라는 제목으로 강연했다. 1925년 10월 31일에는 중동학교 교사인 안일영이 학생과학연구회 주최로 열린 '과학문제강연'에서 "상대성 원리에 대하여"라는 제목으로 강연했다. 또 1929년 4월 14일에는 서울에서 출판노조 주최로 열린 신춘강연대회에 프랑스에서 7년 동안 유학한 문학사 이정섭이 "상대성 원리에 대하여"라는 제목으로 강연했다. 아인슈타인에 대한 관심도 높아서, 아인슈타인이 강연을 위해 일본을 방문한다는 뉴스를 비롯하여 아인슈타인에 대한 소식이 동아일보에 58회, 조선일보에 37회나 실릴 정도였다.

이 책은 아인슈타인의 특수 상대성 이론을 아주 친절하게 그리고 또 정확하게 소개해 주는 특별한 책이다. 기존에 상대성 이론을 소개하는 책들이 꽤 출간되어 있고, 또 인터넷에도 상대성 이론을 배우기에 적합한 자료들이 많지만, 이 책은 특수 상대성 이론이 만들어지고 발표되고 받아들여진 과정을 따라가면서 왜 이런 것이 그토록 오랫동안 사람들의 관심사가 되었는지 상세하게 말해 주고 있다.

먼저 상대성 이론에서 가장 핵심적인 역할을 하는 상대성 원리를 갈릴레오의 논의로부터 가져온다. 여기에 왜 빛의 속력이 관찰자나 광원의 속력과 무관하게 일정한 값으로 나오는가 하는 문제를 "광속 미스터리"라는 제목으로 다룬다. 이는 흡사 추리 소설에서 초반에 주인공이 알 수 없는 이상한 사건을 만나고 이후 그 미스터리를 하나씩 풀어 가는 것과도 비슷하다. 그다음으로, 대개 특수 상대성 이론의 소개에서 간단하게 언급하고 말아 버리는 전기와 자기의 문제가 등장한다. 빛과 전기와 자기는 서로 아주 가깝게 이어져 있지만, 이 관계를 친절하고 상세하게 설명하는 책이 많지는 않다. 1905년 아인슈타인의 그 유명한 논문의 제목이 "움직이는 물체의 전기 역학"임을 염두에 둔다면, 상대성 이론에서 전기와 자기의 문제를 꼼꼼하게 살펴보는 것이 얼마나 중요한지 쉽게 알 수 있다. 거기에 이어 번개를 맞는 기차, 우주여행을 떠난 견우호와 직녀호 같은 상상 실험을 통해 특수 상대성 이론의 알맹이를 마치 만화 영화를 보듯 빠져드는 스토리로 상세하게 소개한다.

다만 이 책의 목적이 실제의 과학사를 최대한 정확하게 서술하는 것이 아니라 청소년 독자들을 고려하여 가능한 한 쉽게 서술하는 것이기에, 전문적이고 복잡한 내용을 세부적으로 단순화한 면이 없지 않다. 과학에 관심이 많고, 더 자세히 알고 싶은 독자들을 위해 추가적인 설명을 덧붙이는 것이 유용할 것이다.

가령 갈릴레오의 상대성 원리에서 지구 중심설과 태양 중심설 사이의 상대성은 어느 쪽이 회전하는지 판단하는 것이 상대적이라는 의미인데, 이는 멈춰 있는 배와 움직이는 배 사이의 상대성과는 다르다. 일정한 속도로 반듯하게 나아가는 배나 멈춰 있는 배를 관성계라 한다. 회전하는 지구나 태양은 관성계가 아니기 때문에, 갈릴레오 이후에 이에 대한 신랄한 비판이 있었고, 뉴턴은 회전하는 좌표계를 관성계에서 제외했다.

또 19세기 전자기학과 광학에서 에테르의 역할에 대해 상세하게 파고 들면 훨씬 복잡하다. 17세기부터 열, 전기, 자기, 빛 등을 설명하기 위해 여러 가지 무게 없는 유체의 개념이 도입되었다. 로버트 보일은 자기가 에테르라는 무게 없는 유체가 나타내는 성질이라는 생각을 펼쳤고, 뉴턴은 빛을 에테르로 설명했다. 이 둘을 구별하기 위해 각각 전자기 에테르와 빛 에테르로 불렀다. 18세기에는 연소나 식물의 호흡을 설명하기 위해 플로기스톤이 추가되었고, 열의 이동을 설명하기 위해 칼로릭의 이론이 만들어졌다. 19세기 말에는 빛이 전기와 자기의 파동임이 밝혀졌고, 이 파동을 전달해 주는 매질이 다름 아니라 에테르라 여겨졌다. 그러나 아인슈타인은 특수 상대성 이론을 통해 빛, 전기, 자기 이론에서 에테르가 필요하지 않음을 밝혔다. 하지만 과학의 역사에도 늘 반전이 있는 법이다. 1920년 레이덴 대학에서 로런츠 앞에서 한 초청강연("에테르와 상대성 이론")에서 아인슈타인은 일반 상대성 이론을 발전시키면서 에테르가 존재하지 않는다고 주장했던 이전의 생각을 버리게 되었다고 말했다. 시간과 공간이 동역학적인 역할을 하기 때문에 이것이 다름 아니라 에테르라는 것이었다.

흔히 알려져 있는 것과 달리 로런츠의 이론은 아인슈타인의 상대성 이론과 배치되는 것이 아니다. 특수 상대성 이론의 기본적인 틀은 1895년에 발표된 로런츠의 이론에 사실상 모두 들어 있었다. 9년 뒤인 1904년에 몇 가지가 수정되어 소위 '전자 이론(Elektrontheorie)'이라는 이름으로 정리되었다.(여기에서 Elektron은 지금의 전자와 다르다. 원자의 질량을 다 가지고 있으면서 전하도 가지고 있는 기본 단위를 가리킨다. 지금의 원자와 비슷하다.) 이 책에서는 소개되지 않았지만, 프랑스의 수학자 앙리 푸앵카레는 1900년경부터 로런츠의 이론에서 부정확한 부분을 지적하고 예컨대 국소 시간에 대해 새로운 해석을 제시하면서 이 이론의 정립에 핵심적으로 기여했다. '광속 일정 원리'도 1898년에 푸앵카레가 이미 명확하게 서술한 것이다. 그렇다면 아인슈타인의 기여는 무엇일까? 로런츠나 푸앵카레는 너무 많은 것을 알고 있었기에 모든 가능성들을 다 고려했고, 그래서 과감하게 이것만이 진짜라고 주장하지 못했던 것으로 평가된다.

반면 아인슈타인은 학계의 하룻강아지답게 복잡한 것들을 모두 단순화시키고, 몇 가지 기본 전제들을 그냥 가정해 버린 채 그 다음에 이야기를 풀어 갔는데, 그것이 바로 가장 혁명적인 요소였다. 그러나 아인슈타인 이전에 그와 관련된 방대하고 튼튼한 연구가 이미 있었기 때문에 아인슈타인이 이를 종합하고 정리하여 새로운 이론 틀로 발전시킬 수 있었다는 점에서, 상대성 이론의 창시는 여러 사람들이 각자의 역할을 하면서 만들어낸 멋진 합주곡이라 하겠다. 이후 이 방면으로 더 알아보고 싶은 독자들은 책 뒷부분에 소개된 여러 다른 책들을 통해 더 배울 수 있을 것이다.

흔히 생각하는 것과 달리, 과학은 서로 모든 것이 깔끔하게 맞아떨어지는 논리적이고 모순이 없는 체계가 아니다. 과학은 역사 속에서 지금도 쉼 없이 진행되고 있는 과정이며 실천이다. 새로운 이론, 발견, 실험이 나타나면 과학을 업으로 삼고 있는 사람들이 서로 냉정하고 엄격한 토론을 벌이고 다른 연구자가 가지는 문제점과 단점을 지적하고, 이를 다시 받아들여 자신의 주장을 고쳐 나가는 과정이다. 이는 한두 해 정도가 아니라 수십 년 아니 수백 년의 역사적

전개 속에서도 나타난다. 10년 전이나 100년 전의 사유를 곱씹어 보면서 거기에서 새로운 아이디어를 얻기도 하고 지금 발견한 새로운 현상을 이해할 수 있는 틀을 찾아내기도 한다.

아인슈타인의 특수 상대성 이론을 이해하는 길도 이와 비슷하다. 기존의 물리학 교과서나 이와 유사한 입문서에서는 상대성 이론을 최종적으로 완성된 것으로 간주하고, 이를 여러 가지 예를 통해 쉽게 설명하거나 납득시키는 것에 집중하는 면이 있다. 그렇기 때문에 갈릴레오로부터 로런츠와 푸앵카레를 거쳐 아인슈타인에 이르는 길은 단선적으로 묘사하거나 심지어 빠뜨리는 일이 많다. 그래서 대뜸 1905년 아인슈타인의 논문에서처럼 상대성 원리와 광속 일정을 가정해 버린 뒤에 논리적으로 어떻게 될 것인지를 보여주는 데 강조점을 둔다.

이 책은 이에 대해 상보적인 접근 방식을 택한다. 실제로 역사적으로 어떻게 상대성 원리와 광속 일정이 받아들여지게 되었는지 꼼꼼하게 살펴보고, 이를 디딤돌로 삼아 상대성 이론의 핵심으로 차근차근 올라간다. 그런 점에서 이 책은 상대성 이론을 처음 접하는 독자들에게 친근감 있게 다가갈 수 있으리라 믿는다.

이 책을 디딤돌로 삼아 우리도 시대에 낙오하지 않고 상대성 이론을 제대로 이해하고 사유의 궁극을 즐길 수 있게 된 것이 새삼 기쁘다. 더 많은 독자들이 이 즐거움에 동참하길 기대해 본다.

| 참고 문헌 |

『100년 만에 다시 찾는 아인슈타인』, 임경순 편저, 사이언스북스 1997.

『1905 아인슈타인에게 무슨 일이 일어났나』, 존 S. 릭턴 지음, 염영록 옮김, 랜덤하우스중앙 2006.

『광속C』, 뉴턴코리아 편집부 엮음, 아이뉴턴(뉴턴코리아) 2012.

『누구나 이해할 수 있는 상대성 이론』, 일본 뉴턴프레스 엮음, 아이뉴턴(뉴턴코리아) 2016.

『뉴턴과 아인슈타인』, 이관수 외 6인 지음, 홍정아 그림, 창비 2004.

『물리학의 역사와 철학』, 제임스 T. 쿠싱 지음, 송진웅 옮김, 북스힐 2006.

『빅뱅: 우주의 기원』, 사이먼 싱 지음, 곽영직 옮김, 영림카디널 2015.

『빛보다 느린 세상』, 최강신 지음, Mid(엠아이디) 2016.

『상대성의 특수 이론과 일반 이론』, 알베르트 아인슈타인 지음, 이주명 옮김, 필맥 2012.

『상대성 이론』, 차동우 지음, 북스힐 2003.

『상대성 이론의 참뜻』, 버트런드 러셀 지음, 김영대 옮김, 사이언스북스 1997.

『아인슈타인: 삶과 우주』, 월터 아이작슨 지음, 이덕환 옮김, 까치 2004.

『아인슈타인의 시계, 푸앵카레의 지도』, 피터 갤리슨 지음, 김재영·이희은 옮김, 동아시아 2017.

『아인슈타인의 시공론』, 일본 뉴턴프레스 엮음, 아이뉴턴(뉴턴코리아) 2014.

『아인슈타인이 직접 쓴 물리이야기』, 알베르트 아인슈타인 지음, 지동섭 옮김, 한울 2006.

『아인슈타인 평전』, 데니스 브라이언 지음, 승영조 옮김, 북폴리오 2004.

『안녕, 아인슈타인』, 위르겐 네페 지음, 염정용 옮김, 사회평론 2005.

『에너지, 힘, 물질: 19세기의 물리학』, 피터 하만 지음, 김동원·김재영 옮김, 도서출판성우 2000.

『이종필의 아주 특별한 상대성 이론 강의』, 이종필 지음, 동아시아 2015.

『일반상대론의 물리적 기초』, D. W. 쉬아마 지음, 박승재·김수용 옮김, 전파과학사 1996.

『자연에 대한 온전한 이해』 3~4권, 러셀 맥코마스·크리스타 융니켈 지음, 구자현 옮김, 한국문화사 2015.

『장하석의 과학, 철학을 만나다』, 장하석 지음, 지식플러스 2015.

『젊은 아인슈타인의 초상』, 데니스 오버바이 지음, 김한영 옮김, 사이언스북스 2006.

『중력파, 아인슈타인의 마지막 선물』, 오정근 지음, 동아시아 2016.

『철학 속의 과학 여행』, 베네슈 호프만 지음, 최혁순 옮김, 동아 1989.

『최무영 교수의 물리학 강의』, 최무영 지음, 책갈피 2008.

『파인만의 물리학 강의 Volume 1』, 리처드 파인만·로버트 레이턴·매슈 샌즈 지음, 박병철 옮김, 승산 2004.

『E=mc²』, 데이비드 보더니스 지음, 김민희 옮김, 생각의나무 2005.